EMILIO DE MARCHI

VECCHIE E NUOVE STORIE

*RACCOLTA ANTOLOGICA DEI LIBRI: VECCHIE STORIE
(1926) E NUOVE STORIE D'OGNI COLORE (1895)*

LIBER MUNDI 1

BOOKMOON

ISBN: 9788893273732 prima edizione Settembre 2018

Titolo: **Vecchie e nuove storie** di Emilio de Marchi. Introduzione di Lorenzo Barollo
liber mundi 1 della collana Bookmoon - Proprietà letteraria riservata
© Luca Cristini Editore 2018 per i tipi Bookmoon.
Cover & Art Design: L. S. Cristini.

In copertina: incisione dal Journal des Dames et des Modes: 1913. Rijksmuseum

LIBER MUNDI 1

EMILIO DE MARCHI

VECCHIE E NUOVE STORIE

RACCOLTA ANTOLOGICA DEI LIBRI: NUOVE STORIE D'OGNI COLORE (1895) E VECCHIE STORIE (1926)

INDICE

Premessa .... pag. 5

Da *Nuove storie d'ogni colore* (1895)

All'ombrellino rosso ..... pag. 11
Medici e spadaccini ..... pag. 19
Zoccoli e stivaletti ..... pag. 29
L'anatra selvatica ...... pag. 38
Certe economie .... pag. 49
Lord From .... pag. 54
Parlatene alla zia ...... pag. 63
Ai tempi dei tedeschi pag.72
Regi Impiegati .... pag. 79
Elogi funebri .... Pag. 83
Vecchi giovinastri ...... Pag. 91

Da *Vecchie storie* (1926 1a pubblicazione)

Due sposi in viaggio ..... pag. 117
Un regalo alla sposa ..... pag. 124
Nei boschi ..... pag. 129
Gina ..... pag. 134
Storia di una gallina ..... pag. 141
Scaramucce ..... pag. 145
Debiti d'onore e debiti di cuore ..... pag. 153

PREMESSA
Di Gianlorenzo Barollo

Emilio De Marchi (1851 - 1901) per me è in primo luogo un ricordo: un nome su un cartello. Era la strada dove abitavo nella mia prima infanzia. Un giorno mi venne in mente di chiedere chi fosse quel signore, mi incuriosiva sapere la ragione di quella dedica. "E' uno scrittore, milanese". Una risposta che mi fece doppiamente piacere, non solo per la simpatia che coltivavo già allora, alunno elementare, nei confronti degli inventori di storie, ma anche per il senso d'appartenenza: De Marchi era un personaggio locale, che magari aveva camminato per le stesse strade di Milano dove ogni tanto si andava a fare le passeggiate con i nonni. E questa vicinanza me lo rendeva ancora più importante, perché in maniera implicita suggeriva che non conta da dove parti, conta quello che hai dentro e come lo esprimi. Per questi motivi quando da ragazzino iniziai i primi studi di letteratura italiana durante le scuole dell'obbligo restai piuttosto deluso: del grande De Marchi su quelle pagine c'era ben poca traccia. Nei sussidiari - testi di letteratura compressa e ritagliata, comunque ammirevoli nella loro capacità di sintesi - l'autore non era inserito tra i pesi massimi. Anzi neppure tra i pesi medi: era una citazione fuggevole tra il verismo e la scapigliatura. Al più si ricordavano il suo romanzo "Demetrio Pianelli" oppure "Il cappello del prete" (anche per via degli sceneggiati televisivi del 1963 e del 1970 per la regia di Sandro Bolchi) per poi sfilare verso altri orizzonti.

Chi però ha la fortuna di arrivare direttamente all'opera di De Marchi non resta deluso: davanti a sé non trova certo un modesto anello di congiunzione tra generi e correnti, e neanche uno scrittore solipsista che rimesta in pentola i suoi bigi ragionamenti di cose andate, bensì un autore completo che sa guardare al mondo che lo circonda con l'attenzione di un cronista indagatore di caratteri e interiorità umane.

Una indagine questa sempre attuale, che non finisce di affascinare i lettori, abbracciando le stagioni dell'età e lo spettro multicolore dei sentimenti. Il racconto di De Marchi inoltre si sviluppa in una prosa limpida e ben articolata, gradevole anche oggi, nell'era delle mille suggestioni frammentarie. Anzi le pagine dello scrittore milanese sono un autentico ristoro proprio per il suo stile composto ed equilibrato, capace di governare ogni effetto emotivo con un sottile gioco di timbri e registri.

De Marchi, segretario dell'Accademia Scientifico-letteraria di Milano, era insegnante di lettere e in particolare di stilistica: una preziosa borsa degli attrezzi per chiunque voglia cimentarsi nella scrittura. Naturalmente la conoscenza degli utensili necessari ad analizzare la composizione un testo non corrisponde alla capacità di produrre un racconto che sappia incontrare le corde del lettore. La retorica può essere tradotta in formule, ma il rigore consequenziale della matematica non si addice al racconto: gli algoritmi informatici applicati alla narrativa hanno quindi ancora un po' di strada da compiere prima di sbarazzarsi degli scrittori in carne e ossa. E la lettura dell'opera di De Marchi lo dimostra: si rileva infatti uno stile estremamente personale, moderato nei toni, vivacizzato da un'ironia bonaria e mai sguaiata, un incedere senza strappi, pronto a mettere a fuoco il sentire del singolo personaggio per creare l'indispensabile ponte emotivo tra il racconto e il lettore.

Nella seconda metà del l'800 le suggestioni degli autori francesi dense di impegno sociale, virtù civili e sanguigne passioni avevano una forte presa sulla scena letteraria milanese, ma De Marchi non è un rivoluzionario, per carattere e convinzioni, è cattolico e conservatore. E' convinto che occorrano ordine ed equilibrio nella vita come nelle lettere, inutile pensare di sovvertire l'ordine delle cose oppure ambire a superare le avversità del destino: gli eroi fortunati sono pochi, la maggior parte vive soffrendo, imparare questa lezione rende il fardello forse meno amaro. Così pensando De Marchi afferma la sua appartenenza all'orbita di Alessandro Manzoni, il faro della letteratura milanese e italiana. Preferisce guardare alla Storia dal basso, dalle vicende del popolo minuto o per lo meno dalla piccola borghesia che iniziava a stagliarsi dalla massa dei sudditi della penisola. De Marchi si occupa di impiegati frustrati e irosi avvocati, nobili di scarso calibro e pochi averi, ecclesiastici di terz'ordine e vedove afflitte dalla precarietà economica e sentimentale, vecchi militari arrugginiti e piccoli imprenditori in bilico sulla corda tesa degli affari. Leggendo è facile immaginarsi questa fauna che popola le botteghe e gli uffici di Milano, li immaginiamo nelle osterie e nei caffè, radunati attorno alle tavole da pranzo, dietro i banconi dei negozi. Sono esempi di un'umanità viva che alla fine di ogni giorno traccia il bilancio del dare e dell'avere senza avere la pretesa di guardare oltre il breve orizzonte delle 24 ore, ma non immune ai sogni ad occhi aperti.

Lo scrittore di "Demetrio Pianelli" tiene a bada le tentazioni dell'autore superpartes che modella le sue creature e le dispone a piacimento in una simulazione asettica della vita reale. De Marchi infatti adotta dal vissuto quotidiano vicende semplici, cronache di biografie minime e non si preoccupa di lasciar trasparire sulla pagina i suoi giudizi e le sue convinzioni, facendo così intendere che l'autore non può farsi scienziato della narrazione, ossia non può redigere un analitico rapporto da laboratorio se vuole coltivare un'onesta sintonia con gli interessi di quanti lo leggono. Per quanto moralistico, lo sguardo di De Marchi comunque non è troppo severo, sa bene che le "debolezze" sono umane per definizione e nasconderle consisterebbe in un difetto di onestà che non può, ma soprattutto non vuole, permettersi.

"Nuovi racconti di ogni colore" è una raccolta datata 1895, frutto di una penna d'autore che ha già siglato un buon numero di romanzi, versi e vari scritti. Si tratta infatti di un'opera di piena maturità che rispecchia onorevolmente l'abilità di De Marchi nel ritrarre quadretti di vita quotidiana da convertire in colorite storie. Non ci sono nel suo repertorio grandi avventure e rivolgimenti storici, ma sentimenti e tumulti interiori che tutti hanno provato o attendono di sperimentare nella giostra dell'esistenza. De Marchi li raffigura mantenendosi a una debita distanza, senza però sottrarsi al confronto emotivo con ciò che sta raccontando. Certa critica rileva il "patetismo" della sua opera, ma con ciò non si vuole significare nulla di stucchevole o artificioso. De Marchi infatti non sta mirando alla "lacrima" del lettore, piuttosto vuole instaurare un'empatia sentimentale a basso voltaggio, quanto serve per realizzare una narrazione accompagnata, come le osservazioni malinconiche durante una passeggiata insieme a un amico. Lo strazio e l'abbandono al dolore non solo non gli garbano, ma non sono funzionali all'obiettivo che si è proposto: raccontare storie che possano offrire consolazione, spunti di riflessione, momenti per rinfrancarsi nei valori morali di riferimento.

Le storie di De Marchi somigliano ai quadretti edificanti e morigerati che decorano le case della piccola borghesia: personaggi al lavoro,

momenti di vita domestica e scene agresti, incorniciati con gusto
e appesi in bella vista. Delle "nature vive", create per il piacere di
rispecchiarsi in una bellezza interiore prima che nei lustrini e negli
sfarzi dei sogni di gloria. De Marchi nel racconto delle piccole cose
- ma non certo piccole per i suoi protagonisti - invita a non abban-
donarsi alla suggestione dell'attimo, bensì a ponderare bene tutti i
passi perché segneranno in maniera indelebile il nostro camino sul
sentiero della vita.

L'opera

In questo volumetto di racconti, pubblicato nel 1895, De Marchi ne
dipinge davvero di ogni colore: ci mette un po' di sangue, qualche
schizzo di fango, il biancore dei paesaggi innevati e il verde delle
campagne attorno alla città. Aggiunge la ruggine di qualche malaffa-
re, ma bilancia con chiari tocchi d'umorismo e un impianto scenico
sempre ben definito e accattivante.

All'ombrellino rosso: Che potrebbe sembrare il titolo di un'operetta,
parla davvero d'amore, ma è il sentimento di un ultra quarantenne
che forse teme più i "sì" che i "no" della sua non certo ardua conquista.

Medici e spadaccini: In un tempo in cui i tribunali avevano altri rit-
mi e le querele altri pesi, certe offese si lavavano col sangue e i fioret-
ti affilati. Chi l'ha detto che i giornalisti uccidono solo con la penna?

Zoccoli e stivaletti: Complice un temporale (eh già, alla natura non
si comanda), l'alta società titolata e la povera gente della campagna
si incontrano e non si può certo dire che il piacere sia reciproco.

L'anatra selvatica: Le lenti del sentimento possono ingannare anche
le testoline più savie. Ma a volte anche una dolorosa rivelazione può
essere salutare.

Certe economie: Manovre pilatesche e furberie di lungo corso ai
danni della collettività. Sembra un articolo scritto ieri, anzi pronto
per la cronaca di domani.

Parlatene alla zia: E' una sorpresa giocata ai protagonisti, ormai con-
vinti d'aver perduto ogni occasione per fare palpitare il cuore.

Ai tempi dei tedeschi: Ma davvero si stava così peggio quando c'erano loro? I mascalzoni di ieri sono i luminari di oggi.

Regi impiegati: Il ritratto di una burocrazia che inciampa nei refusi e
non riesce a trovare la via d'uscita da una trappola inesistente.

Elogi funebri: Sembra una barzelletta sugli esercizi di stile, ma in realtà è una saporita denuncia al vizio della retorica buona per tutte le occasioni.

Vecchi giovinastri: Una chiusura tutto sentimento, capace di conquistare i cuori inariditi di alcuni "scrooge" meneghini dinanzi alla calorosa armonia del focolare domestico.

L'autore

Emilio De Marchi, classe 1851, è un milanese autentico, nato e cresciuto in una città rinomata per storia e operosità, che ai suoi tempi vibrava ancora del sacro amor patrio, carburante indispensabile delle guerre di indipendenza e della nascita del regno d'Italia conseguita nel 1861.

De Marchi, nato dieci anni prima, attraversa tutta la fase concitata dei primi passi della nazione del tricolore: la terza guerra di indipendenza per la conquista del Veneto, i governi della destra storica, l'estensione del modello "Piemonte" al resto del Paese, le tensioni per lo spostamento della capitale e i rapporti tesi con il Papa, deflagrati della presa di Roma nel 1871. Anni di grandi cambiamenti, che vengono a sovrapporsi con gravi difficoltà familiari: suo padre Giovanni muore quando aveva nove anni e la madre Caterina si fa carico della famiglia. Una donna di carattere, che aveva vissuto da protagonista l'insurrezione milanese delle cinque giornate nel 1848. Ad ogni modo il giovane Emilio riesce a studiare, frequenta il liceo "Beccaria" manifestando la sua predisposizione per le lettere. Prosegue gli studi nella accademia scientifico letteraria e nel 1874 si laurea adoperandosi subito per costruirsi una posizione. Nel frattempo inizia a scrivere e nel 1876, insieme a due amici (Ettore Borghi e Ambrogio Bazzero) fonda una rivista quindicinale, la Vita Nova.

De Marchi, che dopo la laurea aveva già iniziato a scrivere e pubblicare novelle e romanzi, attraverso la rivista irrobustisce il suo senso critico e il suo stile. Un processo che affronta una tappa importante con lo "strappo" del 1877: infatti la rivista Vita Nova si fonderà con un'altra pubblicazione, il Preludio. De Marchi decide però di abbandonare la sua creatura non ritenendo conciliabili i punti di vista radicali del "Preludio" con il suo pensiero: "La prudenza è lo smalto che conserva un'istituzione".

Una posizione determinata e motivata che molto probabilmente viene gli frutta novità sul fronte lavorativo: dopo aver insegnato italiano in un collegio ed essere passato alla cattedra di un liceo milanese, De Marchi ottiene nel 1879 il posto di segretario dell'Accademia scientifico letteraria. Qui diventa anche insegnante di stilistica, un posto che conserva fino al 1900, quando deve lasciare per motivi di salute che lo portano alla morte l'anno seguente.

La sua produzione letteraria fiorisce rapidamente nel periodo degli studi e dai racconti e dalle novelle con toni accattivanti e umoristici, passa ai romanzi, misurandosi con le narrazioni d'appendice di marca francese che in quei tempi andavano per la maggiore. "Il cappello del prete" (pubblicato nel 1888), con la sua trama gialla gli fa conoscere il successo. La critica non inquadra bene: la sua voce schietta, le vicende ambientate nel quotidiano lo fanno inizialmente accomunare alle turbolenze della scapigliatura. Ma in De Marchi lo stile e la letteratura sono al servizio di obiettivi più alti e così, senza lasciar trasparire la sua fede cristiana o sfoderare sermoni moralistici, racconta con lo sguardo distaccato di chi osserva restando affacciato alla finestra: una partecipazione con distanza, quella che serve per mettere a fuoco l'essenza delle cose.

Per lui ci sono anche le gioie dell'amore, coronato dalle nozze con Lina Martelli (1880) e la nascita dei figli, Marco e Cesarina. Ma anche i problemi di salute e il grande dolore della perdita della sua bimba, a soli 15 anni.

Il suo impegno civile e politico per Milano è registrato dalla partecipazione a commissioni culturali, all'amministrazione di orfanotrofi e dall'elezione a consigliere comunale, nel 1881. De Marchi nel 1900 viene anche decorato cavaliere della corona d'Italia, ma è certo che le decorazioni più ambite per uno scrittore sono quelle di carattere letterario. E in De Marchi si avverte l'espressione di una volontà di raccontare che trova la sua forza nella studiata semplicità della lingua, nel desiderio di raggiungere tutti per illustrare vicende che siano utili insegnamenti, ossia i contrafforti del buon senso e del senso morale. Del resto in quegli anni si era fatta l'Italia e, come osservava Massimo D'Azeglio, occorreva fare gli italiani. De Marchi, letterato e patriota senza sfoggio, scrivendo dei suoi piccoli uomini alle prese con le grandi prove della vita sembra rispondergli con un sorriso a fior di labbra: obbedisco!

ALL'OMBRELLINO ROSSO

—Com'è andata?—Ecco, ve la conto in poche parole. Tant'è; la cosa è fatta e non ho proprio nessun motivo di pentirmene. Col povero Battista Batacchi eravamo amici vecchi, cresciuti, si può dire, insieme, quantunque io fossi innanzi di lui qualche anno. S'era giocato colle stesse trappole ai tempi della buona zia di Valmadrera, che gli voleva un bene dell'anima come a un suo figliuolo. A quei tempi i topi si lasciavano ancora pigliare....

Trovato un capitaletto, aprimmo la bottega di ombrelle in Cordusio, all'insegna dell'*Ombrellino rosso* e gli affari non andarono maluccio. Io viaggiavo a *far le piazze* di Vigevano, di Lodi, di Mortara e anche più lontano, mentre Battista, più timido e anche meno robusto di me, attendeva alla bottega. Dopo qualche tempo fui io stesso che gli consigliai di prender moglie.

Una donna in una bottega di ombrelli è un capitale vivo; c'è sempre un punto a dare o una bella parola d'aggiungere per convincere un cliente che la seta non ha in mezzo del cotone e che il manico è vero osso di balena: e poi son sempre due occhi di più che guardano l'interesse. Dandogli questo consiglio d'amico, sapevo di toccare il socio sul debole, perché Battista da un pezzo correva dietro cogli occhi alla Paolina, una giovine che lavorava da sarta presso madama Bournè; e credo che si fossero detto anche qualche parolina sotto l'*Ombrellino rosso*.... ma Battista non osava stringere i gruppi per un certo riguardo a me, per paura che io disapprovassi, o pensassi di prenderla io la moglie, come più vecchio e più interessato nella ditta.

Ma in quel tempo io nutrivo un odio accanito e mortale contro tutto le donne per colpa d'una certa Giustina, una birbona che.... basta: è una storia dolorosa che vi conterò un'altra volta. Il fatto che importa adesso è questo: che io dissi a Battista:—Non aver soggezione di me, parlale, fatti innanzi: a me la mi pare una buona ragazza, che farà bene anche alla bottega. È soda, è bellina, parla un poco francese; va là, Battista! Io viaggio e quando si viaggia dà fastidio anche la valigia. Figurati se voglio prender moglie. A quarant'anni è una pazzia di non averci pensato, ma sarebbe una pazzia più grossa il pensarci. Va là, Battista! Dio ti dia del bene e una mezza dozzina di figliuoli.

Il povero Battista fu talmente commosso di queste mie parole, che lì per lì divenne rosso e smorto, balbettò un *ciao te ringrassi*, mi prese la mano nelle sue, me la dimenò un pezzo, schiacciandola come una spugna, guardandomi con due occhi pieni d'acqua. Dopo aver inghiottito mezzo il pomo d'Adamo, uscì a dire con voce romantica:

—Se sapessi come ci vogliamo bene!

—Bravi, e quando pensi di sposarla?

—Se non ti secca, dopo l'inventario, in gennaio.

—Bravi, quando si sta più bene sotto le coltri. Mi raccomando per la bottega; non lasciatevi portar via le ombrelle.

* * *

La Paolina fu proprio per l'*Ombrellino rosso* un tesoro. Bella, e, forse più che bella, molto elegante, come son tutte le nostre modiste, graziosa e amabile senza essere civetta, ci tirò in bottega mezza clientela di madama Bournè, che vale come il dire la *fine fleur* dei signori di Milano. Per la prima volta davanti alla ditta Bacchetta e Batacchi, all'insegna dell'*Ombrellino rosso* in Cordusio, si videro fermarsi fior di carrozze con tanto di stemma. Per la prima volta si è dovuto scrivere a Londra: perché, dite quel che volete, la stoffa sarà buona anche la nostra, ma i veri fusti non si trovano che là. Donne italiane—ritenete pure:—Donne italiane e ombrelle inglesi!—Quanco la Paolina colla sua grazia metteva nelle mani del cliente il resto e diceva: grazie al signore..... non c'era nessuno che non uscisse contento. La bella grazia costa niente e dà valore alla roba.

Per Battista, *va sans dire*, furono due anni e mezzo di paradiso terrestre e meritato, povero diavolo! Perché nel suo timor di Dio e nella sua naturale timidezza non aveva mai goduto nulla a questo mondo e pochi uomini conobbi di cuore più delicato e più leale. Era un uomo nato e fatto apposta per essere buon marito e buon papà..... e di fatto il bimbo, ossia una bimba, fu pronta dopo i nove mesi come una cambiale in scadenza.

Per gratitudine verso di me vollero chiamarla Letizia, il nome della mia povera mamma; mi invitarono al battesimo, mandarono intorno i biglietti, insomma pareva la casa della felicità. Ma va a fidarti della felicita! è come dire va a fidarti della Giustina.... Chi avrebbe detto che il povero Battista doveva goderlo poco il suo paradiso? Cominciò subito a decadere, a venir poco, a tossire con dei colpetti secchi, a scomparire nei panni, e un brutto giorno di febbraio, con un tempo sporco e piovoso, l'abbiamo portato via.

* * *

La malinconia e la tristezza entrarono in quelle sei stanze, dove prima regnavano l'amore e la pace.

Per la povera Paolina fu un colpo tremendo. Trovarsi sola, vedova, a ventitré anni, con una bimba sui ginocchi, in una posizione non ben definita, con dei parenti poveri e senza conclusione, trovarsi così, povera diavola! era un brutto pensiero. Per fortuna trovò nel socio di suo marito un galantuomo, che le disse:—Senta, Paolina, alla morte rimedio non c'è e per me è come se fosse morto un mio fratello; ma se non può richiamare chi se n'è andato, sotto il riguardo degli interessi stia col cuore tranquillo. Questa bambina non perderà un soldo di quel che ha guadagnato suo padre. Anzi per la bottega, se lei ci sta, potremo andare avanti egualmente come se Battista ci fosse.... e col tempo..... vedrà....

Siccome io sono una pasta frolla che non sa resistere alle minime commozioni, tanto che non vado mai nemmeno al *Trovatore* per non piangere in teatro, così, balbettate alla peggio queste quattro parole, voltai le spalle e me ne andai sgarbatamente, tirandomi dietro l'uscio con fracasso. Se poi vedo qualcuno a piangere, addio sor Gerolamo! e se chi piange è poi una donnina ancor giovane e bella, mi si rivoltano le viscere, vedo scuro come se avessi un calamaio per occhio, un gnocco grosso come la palla di un cannone mi si ficca qui, alla gola, e per consolare gli altri piango io come una secchia che vien fuori dal pozzo.

Ognuno ha il suo temperamento: anche le ombrelle non sono tutte della medesima stoffa.

Sui primi tempi tornai spesso a trovarla, a consigliarla nelle piccole brighe che di solito i morti lascian dietro, a prestarle mano come deve fare in queste circostanze un uomo che al posto del cuore non abbia un sasso. Ma non potevo fissar gli occhi sulla piccola Letizia senza sentire quel che vi ho detto. Caro angiolino! Non aveva quindici mesi, ma ti guardava con certi occhioni così intelligenti (gli occhioni neri della mammina) che, ripeto, dovevo voltar le spalle, sbatter l'uscio e andarmene.... Anzi, quando vidi che la Paolina era disposta a tornare ancora in bottega, colsi l'occasione o il pretesto per fare un viaggio nel quale toccai anche Asti e Alessandria. Stetti lontano quasi un mese con buon risultato nei contratti, vivendo con più economia che non facessi ai tempi del povero Battista, perché mi pareva che a spendere troppo rubassi qualche cosa alla povera piccina. E fu un vantaggio anche per me che ho saputo limitarmi su quel benedetto vino di Piemonte; e malvolentieri, per la prima volta in vita mia, rientrai in questo mio Milano, che per quanto me lo cangino sotto i piedi, nel cuore è sempre il mio Milano.

Non avevo motivo di lamentarmi de' miei affari. Tutt'altro. Durante la mia assenza la bottega andò avanti tal e quale, come se ci fosse stato Battista e forse meglio. Per distrarsi e per uscire dal suo dolore, la vedova aveva raddoppiato di zelo, di attenzione, e svelta com'è, simpatica com'è agli avventori, fece prosperare le cose al punto, che il semestre si chiuse con qualche migliaio di lire in più sul previsto. Voleva dimostrarmi che non amava essermi di aggravio, che lavorava volentieri per la sua bambina, che il dolore non toglie ma infonde energia, quando c'è uno scopo nella vita; ma io, al contrario, chi sa perché? mi sentivo stracco, svogliato, isolato nel mondo, come se colla morte del povero Battista mi fosse morto un braccio. E poiché le cose andavan bene anche senza di me, mi abbandonai alla santa poltroneria... Cioè, poltroneria forse non è la parola più esatta. Sarebbe meglio dire ipocondria, o meglio ancora *lasciatemi stare*.

Passavo, per esempio, molto tempo sulla bottega del Pirola che sta in faccia all'*Ombrellino rosso*, mezzo nascosto dalle tendine dell'osteria, con davanti un bicchier di vin bianco che non avevo voglia di bere, cogli occhi in aria, così in estasi, dietro una nuvola. E se uscivo di là non era per tornare a casa, ma per andare a zonzo, di qua, di là per le strade più deserte, finché i piedi mi portavano in qualche sito quieto sui bastioni. Mi sedevo su una banchina a guardar l'erba e gli scherzi che fanno le ombre delle frasche sul terreno, collo sguardo perduto sul Milano pieno di case e di campanili che mi stava davanti, immerso in un mare di riminiscenze nelle quali entrava il povero Battista, la zia di Valmadrera, le trappole, il vin bianco, la vita e la morte; finché, gira e rigira, il pensiero, quasi trascinato dalla sua corrente, andava a fermarsi sull'insegna vistosa dell'*Ombrellino rosso*, che vedevo ballar sotto gli occhi come una fiamma, come un girasole; e me ne sentivo fin rossa o calda la faccia.

A quarantadue anni avvengono in noi dei fenomeni che fanno paura. Non si osa credere che il cuore possa tornare indietro, essere in credito di qualche cosa e avere delle tratte in scadenza. Non si può più fare il sentimentale, perché certi vestiti stretti non vanno più bene, si ha soggezione della gente; se ti piglia il fuoco, badi a bruciar tutto di dentro, a inghiottire i carboni accesi, a non lasciar trasparire di fuori nemmeno il fumo che ti soffoca. Insomma si soffre in silenzio come un pesce agonizzante. Se io avessi avuto dieci o dodici anni di meno, avrei osato dire a me stesso:—Gerolamo, tu sei innamorato di quella donna!—Ma vi pare? potevo essere quasi suo padre: e poi c'era di mezzo un morto, un caro amico, a cui dovevo dei riguardi e del rispetto. E poi, per quanto non brutto e non decrepito, non è con questi pochi capelli e con questa larghezza di *gilè* che un uomo della mia età possa parlare di amore e di poesia a una donnina, che vestita di nero pareva ancora più giovane e più bella. Andiamo via, sor Gerolamo.

A furia di picchiare e di ripicchiare con questi ragionamenti di bronzo sul cuore, credetti quasi di averlo ridotto duro come un'incudine, quando al tornare da un altro viaggio (nel quale mi spinsi fino a Padova) mi capitò un suo invito. Ecco come andò. Quando mi vide entrare in bottega, mi venne incontro con un saltuccio, mostrandosi tutta contenta di vedermi, mi fece sedere sulla sua poltroncina di velluto, mi tolse di mano la valigia, l'ombrello...—Ha fatto buon viaggio, sor Gerolamo?—Bonissimo, grazie: e lei è sempre stata bene?—Benissimo, grazie.—E la piccina?—È un tesoro—Un tesoro come....?—e alt! quel tal gnocco mi soffocò il resto in gola. Mi parve che tutte le ombrelle chiuse negli scaffali cominciassero a muoversi e a ballare o che l'*Ombrellino rosso* attaccato di fuori girasse come una ruota di molino. Ripulii il cappello colla manica e stavo per dirle:—Stia bene, a rivederci... quando essa, voltandosi verso di me col suo faccino grazioso, disse:—Senta, sor Gerolamo, spero che verrà anche quest'anno a far Natale con noi: non ci sarà troppa allegria, ma farà un'opera di misericordia.

—È un piacere, che cosa dice?—Balbettai nell'alzarmi, mentre andavo cercando nei cantucci il mio ombrello da viaggio.

—Mi fa un tal senso di tristezza la sola idea di restar sola in un tal giorno....

—Eh, immagino, poverina! o anche a me.... Verrò volentieri. Son solo anch'io e in un giorno così.... Grazie, stia bene.

E via!

Credete che io abbia dormito una notte intera dopo questo discorso?

Avrei dato un occhio della testa, dopo aver detto di sì, per liberarmi dell'invito; ma avrei dato l'altro per il gusto d'andarci. La vita senza occhi adesso mi pareva meno buia della vita senza Paolina.

Pensai subito a qualche bel regalo, che non offendesse la malinconia del suo stato e nello stesso tempo contentasse il suo cuore. E finii collo scegliere un bel manicotto di martoro scuro col suo bravo boa compagno. Inutile dire che al panettone, al vin bianco, al *bambino* di Letizia; al regalo per la servetta ho pensato io come si faceva per il passato, quantunque Paolina protestasse e si dichiarasse mortificata.—Mortificata di che? bel capitale, cara lei... così potessi renderla tutta felice.... E mentre parlavo, ero in continua paura di dir troppo e di dire troppo poco, di espormi troppo, di fare una cattiva figura, o di farmi compatire.

Per finirla, venne anche quel benedetto giorno! Per un pezzo sperai che avrebbe invitato con me anche qualche suo parente o qualche parente del povero Battista: ma subito, dopo ebbi una strana paura d'incontrarmi con estranei. All'ultimo momento, se mi fossi sentito male, avrei mandato volentieri un biglietto di scusa, o forse non l'avrei mandato; forse ci sarei andato anche colla febbre, in punto di morte. L'amore alla nostra età è una febbre pericolosa, credete a me, e non c'è che un rimedio; lasciarla passare o morirci dentro.

* * *

Siamo al gran giorno.

Paolina in un vestito nero di lutto, semplicissimo, quasi senza pieghe (se li faceva lei col suo buon gusto) mi ricevette cordialmente nel salottino, quantunque a trovarsi con me in quel medesimo luogo, davanti a quel medesimo caminetto, dove l'anno primo il suo Battista s'era mostrato tanto allegro, le facesse un certo senso di pena. Per un po' lottò contro la ricordanza, cercò di ringraziarmi dei regali, anzi mi rimproverò perché eran troppo belli... non stava bene.... mi fece sedere davanti al caminetto, s'inginocchiò a ravvivare il fuoco, ma il dolore fu più forte del coraggio e scoppiò in un tal pianto, poverina, che io mi alzai, aprii la bocca, alzai una mano, e stetti lì incapace, come un merlo, a guardarmi nello specchio, sopra le gambe che tremavano, tremavano, Gesù d'amor acceso! Vi ho detto che non posso veder le donne a piangere e questa non era nemmeno una donna come tutte le altre.

Lasciai passare un bel momento e quando mi parve che lo strazio del suo cuore cominciasse a cedere:—Senta—le dissi—senta, sora Paolina, non faccia così. Lei ha ragione, ma pensi che il suo Battista è andato fuori dei fastidi del mondo e che lei deve vivere per la sua Letizia. Sicuro, povero rattino! fu una grande disgrazia, ma si volti indietro a guardare certe miserie. A lei e alla sua figliuola non manca nulla. Io sono un ignorante, un vero Gerolamo al suo confronto, ma nel mio piccolo le ho dato più d'una prova che se per caso quella piccina fosse mia, non potrei volerle più bene. Non è per consigliarla, creda. In suo paragone io non sono che un povero negoziante di ombrelle, che dovrei nascondermi sotto un mucchio di cenere, ma la gente si misura dal cuore e in questo cuore, cara Paolina, se lei potesse leggere, c'è qualche cosa che i re sempre non hanno.

Dunque, adesso non pianga più; si asciughi gli occhi, benedetta, o finirà col farmi piangere anche me, che è fin una cosa ridicola...
E che cosa dissi ancora? non so più. Strozzato da quel gnocco che vi ho detto, col cuore rovesciato, la testa in un fuoco, vedendo che non potevo sfuggire a una cattiva figura, girai sui talloni e fingendo di andare a cercare qualche cosa in anticamera, aprii l'uscio.

Ma proprio sulla soglia m'imbattei nella piccina, che veniva in braccio alla balietta. Era vestita di bianco, tranne un brutto nastro di lutto in vita e piccole fettuccie nere sulle spalle; ma su quel bianco e su quel nero spiccava la testolina d'angioletto coi riccioli d'oro. La bocca era una fragoletta da succhiare coi baci.

—Chi è? chi è? chi è?—presi a dire con furia, colla voce affogata nei singhiozzi, mentre colla mano scendevo a cercare nella tasca di dietro un arlecchino rosso coi campanelli.

—Chi è questa signorina?—E lei mi guardava cogli occhi larghi e curiosi come fanno tutti i bambini.

—Chi è? chi è?—Venne a domandare anche lei, la mammina, colla voce meno scossa, dentro la quale si sentiva ancora il tremito del pianto.

—Chi è?—Soggiunse la balietta, portando la bimba più sotto la lucerna e indicando me col dito.

Letizia, mentre io pescavo l'arlecchino nella tasca di dietro, seguitò a guardarmi cogli occhioni neri, corrugò un poco la fossetta del mento, per uno sforzo interiore e, alzando in furia le manine, mandò fuori l'unica parola che sapeva dire—Papà....

L'arlecchino mi scivolò fuor delle dita e cadde in terra con un *ciach*.... fracassandosi la testa di *biscuit*. Io non me ne accorsi o cioè credetti che mi scoppiasse il cuore. Quel che si prova in certi momenti non si può dire in cent'anni. Fu un caldo e un freddo tutto in una volta, un trasudamento in tutta la persona, una vertigine, per resistere alla quale dovetti attaccarmi al braccio della Paolina che scossi, scossi, stringendo forte. Poi strappata la bimba alle mani della ragazza, me la portai alla bocca, come se morissi di fame, e cominciai a mangiarla.

—Sì, mio povero angiolino, io sono il papà, e un papà che non ti vorrebbe meno bene del tuo vero papà, se la mamma permettesse. E ti farei giocare e saltare sui ginocchi e lavorerei per te... se la mamma volesse....

—Lei me la mangia per panettone....—prese a dire la Paolina, togliendomi la bimba dalle mani: e nel dire questo vidi che rideva al di sotto delle lacrime, un effetto di sole attraverso la pioggia, una bellezza da mettersi in ginocchio ad adorarla.

* * *

Si racconta che Sant'Ambrogio sia stato proclamato arcivescovo di Milano per bocca di un bimbo poppante, Questa è storia vera e ne hanno fatto dei quadri. Ebbene a Gerolamo Bacchetta capitò lo stesso. Ci sposammo presto e si fece una ditta unica. E se sant'Ambrogio fu soltanto arcivescovo, Gerolamo Bacchetta, ombrellaio all'insegna dell'*Ombrellino rosso*, fu nominato papa addirittura.

Letizia è già la mia figliuola maggiore.

* * *

Il Calchi venne a casa mia prima delle quattro colla carrozza e mi trovò già quasi vestito e pronto. La mattina era bellissima, fatta più per una scampagnata che non per un duello. Non abituati a levarci col sole, noi poveri redattori d'un giornale del mattino, che andiamo a letto quando canta il gallo, ci sentivamo ancora la testa piena di sonno e di nebbia; ma un bicchierino d'acquavite svizzera, che all'amico parve una cosa spiritata più che spiritosa (il Calchi è famoso per questi giochetti di parole) finì col risvegliarci.

In quattro salti scendemmo le scale e prima delle quattro e mezzo eravamo alla casa del giovine ed elegante dottor Sirchi.

Era costui un bel ragazzo laureato di fresco, sempre inappuntabile nelle sue camicie, come di rado sono i signori medici. Mezzo letterato, mezzo artista, amico dei giornalisti, quasi sempre innamorato d'una qualche contessa tisica, cercava tutte le occasioni per mettersi in vista. Quale occasione migliore d'un duello, che avrebbe fatto le spese dei discorsi di tutta la città e riempita per lo meno una colonna di cronaca? Egli prese posto nella nostra carrozza e collocò sulle ginocchia la cassettina nuova de' suoi vergini ferri.

Davanti alla casa di Massimo trovammo l'altra carrozza. Dato un fischio "come augel per suo richiamo" si aprì una finestra al terzo piano: Massimo mise fuori la testa, ci fece un segno e cinque minuti dopo le due carrozze uscivano da Porta Vigentina.

—Come ti senti?—chiesi a Massimo ch'era salito nella mia carrozza.

—Sono grigio—borbottò.

—Che bella mattina! è di buon augurio—dissi per dir qualche cosa.

—Ho dovuto dare a intendere a mia madre che andavo a Chiasso per l'inaugurazione della ferrovia. Quella benedetta donna è sempre in sospetto quando esco di buon'ora e quando mi sente tramestare nella camera. Sono entrato a salutarla e mi ha sgridato, perché non ho messo il panciotto bianco sotto la cravatta nera. Povera vecchia!

Massimo parlava tenendo gli occhi fissi sulla siepe, coll'aria astratta di chi parla in sogno. I manuali che in quell'ora mattutina vanno alla città, a lavorare, colla giacca di fustagno su una spalla e un pane misto sotto il braccio, si voltavano a guardar le due carrozze chiuse, che procedevano di corsa, almanaccando chi sa che romanzetto; e poi tiravan via al loro mestiere, che in fondo era migliore del nostro. Qualche ragazzaccio ci gridò; dietro: *crèpa i sciori!*

—Sono entrato per salutarla, ma ero forse un po' troppo commosso. Non ho mai potuto correggere questo mio porco carattere...—Seguitò Massimo colla sua voce naturale, un poco velata e quasi affogata nella gola ampia e robusta. Quell'omone grande e grosso colla sua barba da brigante, colla sua corporatura da spaccalegna aveva un'anima più di buon papà, che non di scapolo avventuriere, di giornalista garibaldino e di focoso polemista.

Come fosse entrato a far questo maledetto mestiero si spiega coi casi della vita, che sballottano un pover'uomo come le onde un turacciolo di bottiglia. Massimo era figlio del popolo. Sua madre, ortolana del verziere, aveva sempre avuta una banca d'erbaggi in piazza di Santo Stefano, che è come chi dicesse la *city* delle patate e dei piselli. Scoppiata la guerra, Massimo, che cominciava a provar la voce anche lui sulla *bella magiostrina*, andò con Garibaldi, fu nel Tirolo, a Bezzecca, si guadagnò due medaglie, poi passò in cavalleria. Ma sempre un po' ortolano d'animo e di maniere, si guastò presto coi superiori, che ne fecero un martire delle idee liberali. Tornato a casa, entrò in una tipografia, s'impiastricciò d'inchiostro, e siccome è detto che per fare il giornalista non è necessario saper scrivere, eccolo giornalista. Non cattivo ragazzo nel fondo, ma un poco *frondeur*, ebbe il suo quarto d'ora di celebrità durante il famoso processo Lobbia e fu appunto nello strascico di quelle polemiche che andò a urtare nell'onorevole Dassi, un fegatoso intransigente. Massimo osò scrivere che l'onorevole Dassi attingeva al pozzo nero dei fondi segreti, che si appoggiava alla stampa dei rettili, che era una spia della questura, anzi un questurino travestito addirittura.

Se fossero vere o false queste accuse poco importa verificare; in certi momenti ciò che importa al giornalista è che ci sia della gente disposta a credere. L'onorevole Dassi aspettò Massimo sulla soglia del Biffi, e assalendolo di sorpresa, lo cresimò sulla gota destra proprio in mezzo al maggior concorso di gente. Massimo, sempre ortolano, rispose con uno sgozzone, che mandò l'onorevole a sedersi nella vetrina del caffè! Quindi un duello a condizioni un po' grave, come gravi erano state le provocazioni. Nella questione personale s'imperniavano molte questioni di principio e le passioni avevano bisogno di qualche sfogo. Tra le altre, un duello non poteva che far bene al nostro giornale che cominciava a calare.

L'amico accese un mezzo sigaro, che lasciò subito spegnere. Tornò ad accenderlo tre o quattro volte di fila durante il viaggio, senza voglia di fumare.

—Ho un cattivo presentimento stamattina—tornò a dire,

—Fa piacere, bambino—esclamai un po' ruvidamente—non metterti al sentimentale. Se Dassi vuol farsi affettare come un salame, è nel suo pieno diritto.

Massimo borbottò delle oscure parole, alzando le spalle. Del resto chi può sottrarsi a certi brividi interni che ci pigliano in questi momenti, quando si va sul terreno a giocar la vita colla punta della spada? non era il caso di parlar di paura con Massimo, ma la carne vuol dir la sua ragione. Per fortuna il viaggio fu breve. Mezz'ora dopo la nostra partenza da Milano, le due carrozze si fermarono in un sito deserto, da dove si distaccava una stradicciuola lungo un canaletto, in mezzo ai pioppi.

Si discende, si prende la stradicciuola, un dopo l'altro in fila, si rasenta un muro di cinta, si picchia a un uscio, l'uscio si apre e ci troviamo in un orto pieno di pomidoro.

Di là, dopo aver attraversata una scuderia e un cortile rustico pieno di galline, ci fecero passare per gli spianati che servono al giuoco delle boccie, e dopo, per una scaletta, fino alle sale del primo piano. L'oste della Fraschetta (ch'era stato avvisato fin dalla vigilia e che ci aspettava) c'introdusse segretamente in un bel camerone dipinto grossolanamente, dal quale aveva fatto togliere le tavole che ora si vedevano addossate al muro,

—Procurino di far presto—sussurrò l'uomo prudente.

All'osteria della Fraschetta famosa nella storia delle scampagnate milanesi, specialmente in primavera, quando fioriscono le mammolette e gli amori delle sartine, c'è sempre vin buono, latte fresco, buon salame, un bel giardino, delle sale pronte e molta indulgenza per tutti i peccati di gola. L'oste, il sor Fabrizio, un ometto rossiccio con una piccola virgola al posto della barba, che porta gli anellini d'oro negli orecchi, non osa rifiutar mai nulla ai signori pubblicisti che gli possono restituire il cento per uno: e se due buoni amici della stampa desiderano, come nel caso nostro, farsi un occhiello nel ventre senza molto rumore, offre dietro un modesto compenso il suo salone, purché si faccia presto e si conservi il segreto. Non vuole però armi da fuoco che tiran gente. La spada non fa mai troppo male e permette il più delle volte ai duellanti e ai padrini di rimanere a mangiare un'insalata e una dozzina d'ova sode cotte da Iside, la più seria ragazza che Dio abbia creato per imbrogliare i conti ai signori avventori.

Quando entrammo in salone vedemmo vicino a una finestra, sotto la pittura di Guglielmo Tell che infilza il pomo, l'onorevole Dassi, i suoi due secondi e il suo dottore dalla barba solenne e dalla testa filosofica. Queste brave persone ci salutarono con un rispettoso segno del capo. L'oste chiuse l'uscio col paletto e se ne andò a far dare un fastello di fieno ai cavalli e un bicchier di vin bianco ai vetturali. Egli aveva collocato le sue sentinelle intorno alla casa, il guattero sull'uscio della cucina, la moglie sulla porticina dell'orto, Iside sulla porta della bottega colla consegna di tener a bada con ciarle, se mai capitavano, i carabinieri di ronda. Uomo prudente è colui che in una difficile circostanza sa fare in modo che le cose cattive finiscano bene e che sa tirare al suo molino la farina degli altrui spropositi. Un padre di famiglia deve avere più d'una campana nel cuore e bisogna che le lasci sonare un po' tutte, deve chiudere un occhio a tempo, o anche due, e anche le orecchie se può. Così deve contenersi un oste che ha una bella ragazza da maritare.

Il Calchi e il cav. Magi, padrino dell'onorevole Dassi, cominciarono a contare i passi e a preparare il terreno, segnando delle righe in terra col carbone; su una tavola in fondo sotto la pittura del Guglielmo Tell che scappa dalla barca, gli altri due padrini confrontavano le sciabole, mentre i due medici nel vano d'una finestra stendevano sopra un banco pieno di mosche e di goccie secche di vino la batteria dei loro ferri chirurgici bianchi, lucenti, di cui andavano ripolendo l'acciaio fino sul panno della manica. Non mancavano le bende, il cotone fenicato e le ultime novità della fasciatura Lister.

La testa nuda e filosofica del dottor Carone faceva un forte contrasto colla zazzera chiara e ben pettinata del dottor Sirchi; ma il più bel roseo sole di settembre, entrando per la finestra, scendeva come un'aureola a illuminare e a stringere in un caldo amplesso quei benemeriti sanitari, che si sacrificavano alle cinque del mattino a beneficio dell'umanità sofferente.

Il tintinnio delle sciabole e dei bistori finì coll'irritare l'onorevole Dassi, un romagnolo impaziente che credeva d'aver aspettato fin troppo ai comodi nostri. Spadaccino di mestiero, era abituato a far presto. Entrava in giuoco colla furia scatenata di un pazzo e sia che ne dasse via, sia che ne pigliasse, voleva che non s'irritassero troppo i suoi nervi. Questa furia romagnola era il segreto di trionfi riportati contro avversari venti volte più bravi di lui.

Tirato in disparte Massimo, lo pregai sottovoce di essere paziente e pedante in principio, se voleva disarmare l'avversario della sua forza più pericolosa, la furia. Non so se Massimo mi ascoltasse o no. Indicandoci le galline che razzolavano su un mucchio di strame, uscì colla strana osservazione che le galline hanno più buon senso di noi.

—Sì, sì—dissi celiando—fin che non si lasciano spennacchiare e mettere in pentola.

—Che cosa si dà al dottore in queste occasioni?—Domandò dopo un momento.

—Tu lo saprai meglio di me...

—Mi son sempre battuto senza dottori, o c'era qualche amico che si prestava per piacere. Questo giovinotto non lo conosco e mi pare anche un dottore di lusso.

—Capisci che non c'è una tariffa. Ognuno fa secondo le suo forze.

—Per esempio?

—Nel caso tuo io credo che se gli mandi una spilla infilzata in un biglietto rosso da cento, fai fin troppo. Avrai mille occasioni per rendergli un servigio.

—Ti pare proprio abbastanza?

—È giovine e si paga un poco coll'onore che gli si fa. Se scriverà un opuscolo sul modo di guarire la tosse alle pulci, gli potrai dare del distinto batteriologo sul tuo giornale.—Scherzavo per tener viva l'aria, per far ridere Massimo, che mi pareva alquanto depresso.

—Bene, se crepo, fai piacere tu... To' la chiave. Andrai a casa mia, aprirai il cassetto del mio tavolino, troverai un libretto della Banca Popolare. Ci pensi anche alla spilla. Ci sarà da pagar l'oste, le carrozze....

—Adesso mi fai anche il testamento.—E alzando la voce come un deputato che protesta per la conculcata libertà statutaria, gridai:—Andiamo, perdio! qui si perde un tempo prezioso.

—È ciò che dicevo anch'io—grugnì l'onorevole Dassi, che si raggirava per la stanza come un leone nella gabbia. E cominciò lui a togliersi la giacchetta, il panciotto, i polsini, il colletto, come se si preparasse per andare a dormire e finì col rimboccare le maniche della camicia fin sopra i gomiti.

Allora mi avvicinai al colonnello Barconi, altro padrino del nostro avversario, per vedere se c'era ancora il mezzo di combinare una conciliazione o almeno di attenuare le condizioni dello scontro. Ma il colonnello per tutta risposta inarcò le ciglia e mi guardò strabiliato, come se gli avessi proposto di lavare la faccia alla luna. Pareva dire: Con chi parla? e si fanno sul terreno di queste proposte? e si osa farle a una persona rispettabile? a un soldato? ma in che mondo vive lei? non ha letto mai il più elementare trattato di cavalleria? non sa che ci sono dei codici stampati apposta per gli ignoranti come lei?—Tutte queste cose mi parve di leggere nell'arco delle ciglia e negli occhi sbarrati del colonnello: e non osai insistere.

Massimo si tolse lentamente la giacca. Io gli detti una mano per tirargli di dosso il panciotto, (quello che gli aveva procurato la ramanzina della mamma) e attaccai il colletto e la cravatta alla maniglia della finestra. Non volle che gli si rimboccassero le maniche, perdio non era venuto, disse, a lavare scodelle. I padrini dettero un'ultima occhiata alle sciabole, il Barconi battè le mani e gridò: in guardia!

Io non sono il Tasso e non starò quindi a descrivervi un duello. I due avversari sapevano tenere una sciabola in mano, non mancavano di coraggio, ma non erano così grandi maestri da insegnare a noi e tanto meno al colonnello qualche cosa di nuovo. Costui, a giudicare dagli occhi che faceva, dovette fremere subito nel suo cuore accademico di maestro di scherma tanto della furia sfrenata e scorretta dell'onorevole Dassi, quanto della pesantezza di mano di Massimo, che ai primi colpi cominciò a sudare come un cavallo e a soffiare come un mantice. Era stata scelta la sciabola senza guardia, buoni tutti i colpi, e il duello doveva finire soltanto quando uno dei combattenti fosse nell'impossibilità di continuare; ma i padrini erano d'accordo di non lasciar andare le cose troppo in là e d'impedire una catastrofe con una di quelle motivazioni che salvano capra e cavoli. Alla prima scalfitura che fosse toccata a Massimo o al primo riposo, noi avremmo fatto appello al cuore generoso dell'onorevole Dassi, che si contentava d'ogni piccola vittoria. Si poteva contare anche un poco sulla svogliatezza cinica del suo rivale, che quella mattina era più *grigio* del solito. Ma il caso volle che la lentezza di Massimo irritasse il suo avversario, che si vide impedito il primo bel colpo da un gioco freddo e pesante.

A questo si aggiunse che il primo sfregio lungo qualche centimetro andasse a cadere proprio sull'occhio del deputato, un dito sopra il ciglio, in modo che il sangue, spruzzando come da un fontanile, gl'innondò la faccia, rigandola come una maschera e togliendogli la vista. I padrini arrestarono il duello.

Il Dassi cominciò a bestemmiare in dialetto romagnolo, non tanto per il male quanto per il dispetto di non vincere subito. Ci vollero le belle e le buone per indurlo a lasciarsi lavare il viso coll'acqua tiepida, e a lasciarsi mettere un fiocco di bambagia sulla ferita e una fascia in giro.

Quel diavolo a quattro non capiva più la ragione e tanto meno la volle intendere il colonnello, che nel suo primo aveva in gioco la rinomanza della sua scuola. Con una eloquenza fredda e rigida, precisa come un logaritmo, il Barcone ci dimostrò che una conciliazione in queste circostanze non aveva ragione d'essere, a meno che il signor Massimo lasciasse mettere a verbale...

—Ma che verbale!—Gridò Massimo inorgoglito un po' troppo della sua fortuna; e si preparò ad attendere il secondo assalto.

Questo fu ripreso subito, prima ancora che i padrini fossero al loro posto. Massimo, avendo riscaldato il ferro e sentendosi più rianimato dall'esercizio, fece tre o quattro mosse stupende in cui brillò ancora una volta il suo vigore giovanile e la vecchia foga del volontario.

Dassi ad ogni colpo gridava come un ossesso. Lo scontro si fece vivo, ardente, bellissimo. Il deputato pagò subito il suo debito con una puntata, che Massimo cercò di parare, ma il filo della sciabola, scorrendo sul braccio, ne lacerò tutta la carne, producendo una ferita superficiale, ma per la sua ampiezza molto sanguinolenta. Il sangue, cadendo e dilatandosi nella stoffa della manica bianca di bucato, si sparse in grandi macchie che fecero comparire il danno più grave che non fosse. Bisognò fermarsi ancora.

I medici esaminarono la ferita e non trovarono che fosse tale da impedire a un uomo come il signor Massimo la continuazione del duello. Quindi la teologia cavalleresca stabilì che dopo cinque minuti di riposo si ripigliasse il terzo assalto.

Io n'ero quasi stufo e mi ricordo d'aver detto qualche parola vivace, forse senza senso, che fece sogghignare il colonnello, mentre i due dottori con una pazienza da santi e con una abilità di suora infermiera cercavano di togliere al ferito la camicia per poter lavare e dare un punto alla lacerazione. Bisognò che tagliassero la pezza col bistori. Il petto di Massimo, messo a nudo, uscì tutto a chiazze di sangue. Mentre il dottore giovine dava in fretta in fretta quattro punti alla pelle, l'altro, il barbone illustre, con una spugna passava sul corpo e andava via via spremendo il sangue in una catinella.

Proprio davvero: due suore di carità non avrebbero potuto essere più amorose di quei due buoni scienziati, che dedicavano la loro vita al bene della sofferente umanità.

Dopo aver sogghignato, il colonnello mi indicò il foglio del processo verbale, dichiarando che per conto suo si lavava le mani in quella catinella. Ho ancora nelle orecchie la sua voce fredda, acuta; e capisco che le cose si fanno o non si fanno.

Ritornati al terzo assalto, la stanchezza, l'irritazione, l'odio che esce dal sangue, dettero al duello un carattere più brutale, voglio dire meno artistico; non pareva più un duello, ma una partita a coltelli, tanto che i padrini e lo stesso Barconi dovettero farsi avanti e gridare un perdio! Che ricacciò i combattenti nelle regole delle cose pulite. Ammazzarsi è nulla, ma lo si faccia con garbo, perdio! se non altro per rispetto ai medici che assistono.

Non so se i due combattenti intendessero le nostre ragioni. I poveretti avevano certi visi stravolti, certi occhi cattivi, certe bocche sguaiate, che non parevano più uomini civili. Una ferita di poco conto toccò ancora a Massimo fra la spalla destra e il collo: il Bassi ripetè il colpo con una traversata. La sciabola nel tornare dal sangue me ne spruzzò alcune goccie sullo sparato bianco della camicia. Anche il terreno era segnato di spesse orme sanguigne, che andavano allargandosi, perché nella furia le due parti giravano, s'inseguivano, venivano a mezza lama, rendendo il terreno, dove il sangue si mescolava alla polvere del mattone, sempre più lubrico e sporco.

I padrini e i due dottori erano come affascinati da quel terribile giuoco d'armi e lo stesso Barconi non poté che ammirare, come mi confessò più tardi, una magnifica finta di Massimo, che pochi maestri, tanto della scuola napoletana come della scuola francese, avrebbero saputo eseguire con più eleganza. Il Barconi cercava allo schermitore principalmente l'eleganza. La scherma è un'arte, come la danza, come la musica, come la pittura: e il ferro bisogna saper adoperarlo come il pittore adopera il pennello, come il musico adopera la bacchetta, con grazia, con semplicità, con armonia. Peccato che sul terreno le parti non sappiano sempre mantenere il contegno che si deve...! Ma i medici dimostrano alla loro volta che lo stato patologico degli avversari ha una certa influenza, per cui l'irritazione nervosa, disturbando le disposizioni callisteniche dei soggetti, li porta ad inconscie ed atavistiche ferità brutali.

Si continuava da un poco a combattere fuori di ogni legge callistenica, quando risuonò sul pianerottolo un grido sinistro di donna e dietro al grido una voce stridula, che contrastava accanitamente colla voce fessa e turbata dell'oste; e poi si sentì un grande urto e un seguito di colpi violenti nell'uscio con un diabolico scassinamento del catenaccio. Massimo, che aveva il viso in fiamma, divenne smorto come un cadavere, mi lanciò un'occhiata supplichevole e mi comandò:—Non lasciare entrare quella donna.—Aveva riconosciuto la voce di sua madre.

La povera donna, messa in sospetto dal contegno misterioso del figlio, era discesa dal letto, aveva dalla finestra vedute le carrozze e siccome non era la prima volta che Massimo partiva per queste spedizioni, si vestì, corse, interrogò il portinaio che non seppe mentire, poi era salita in una carrozza di piazza; ma aveva perduto del tempo nell'inseguirci su qualche falso indizio. Finalmente colla furia e colla divinazione d'una madre spaventata aveva scoperto il luogo. Scese di carrozza, entrò come un fulmine nell'osteria e colla forza con cui soleva una volta muovere un cesto di castagne, prese la mano d'Iside e parlando col solo respiro, disse:—Menami dove l'ammazzano!—Iside fu quasi trascinata da quella mano di ferro ai piedi della scaletta. Dal cortile si udivano i colpi, i passi, i gridi dei combattenti. Dunque era salita, era piombata su quell'uscio dove stava il sor Fabrizio in sentinella e cominciò di fuori un altro duello. E certamente la donna colla forza che vien dalla disperazione avrebbe finito col buttare il vecchio uscio in terra, se al comando compassionevole di Massimo non fossi corso a mettere le mani sulla maniglia del catenaccio e a puntellare l'uscio colla spalla.

—Cani, cani, cani!—gridava la donna dando terribili scosse al paletto.

—Non lasciarla entrare, Cesare.—Massimo mise tanto accoramento in quel nome di Cesare, che non usava mai parlando con me, ch'io compresi tutta la grandezza della preghiera. Egli non voleva esser vile, nè sfigurare davanti agli amici, che potevano, chi sa? Credere a una segreta intesa della madre col figlio; non voleva comparire brutto, osceno di sangue innanzi a lei.

Ma la donna era più forte di me. Cacciato via l'oste con un pugno terribile nel petto, si era buttata sull'uscio col vigore della sua robusta costituzione di popolana e con scosse forti da sfondare un muro non che un assito tarlato, procurava di levarlo dai cardini, sempre gridando con quella sua voce assassina:—Cani, cani, cani!—Dietro di me inferociva la battaglia; ma non era certo meno feroce la battaglia ch'io sostenevo contro quella donna pazza d'amore e di dolore.

Dovevo forse permettere che si cacciasse in mezzo alla carneficina?

Ho detto carneficina?—ho sbagliato. Tranne una volta o due, cosa di piccola importanza, il duello era stato regolarissimo e il verbale è là a disposizione di chi vuol vedere. Ma in quel momento non sapevo nemmeno io in che mondo fossi. Massimo era caduto e si rotolava in una pozza di sangue, vomitando sangue dalla bocca sull'ammattonato. Sentii che sarei caduto anch'io come uno straccio, se non mi fossi tenuto ben stretto al catenaccio e all'uscio che la vecchia tempestava coi pugni, coi calci, strillando sempre con voce lacerata dal pianto:—Cani, cani, cani!

Vi fu un gran trambusto nella sala *à manger* del sor Fabrizio. Il Dassi bianco come un foglio di lettera, guardava Massimo e pareva irrigidito.

I padrini e i dottori sollevarono il morente e lo portarono in uno stanzino contiguo sopra un pesto e troppo usato divano. La donna entrò in quel momento.

Com'era entrata? Non so. Essa vide, capì, fece alcuni passi e cadde come un cencio in terra nel sangue. L'oste che non si aspettava una catastrofe, cominciò a correre, a chiamare, a sbuffare, a bestemmiare. Non saprei dire come portassero via anche la donna che pareva morta anche lei. Non so più nulla, come d'un brutto sogno di cui non resta nella memoria che la spaventosa impressione.

Ricordo soltanto questo: il guattero entrò con due secchi di legno e cominciò a versar abbondantemente l'acqua sul pavimento; poi con due scope padrone e guattero cominciarono a lavare il suolo di tutta la porcheria.

—Peggio che i beccai!—Diceva il guattero spaventato.

—Taci, asino!—Borbottò l'oste—porta della crusca.

* * *

Quindici giorni dopo mi fu consegnato in redazione il seguente biglietto:—Dichiaro d'aver ricevuto lire cento. E grazie della spilla. Dott. Sirchi.

ZOCCOLI E STIVALETTI

Accadde quel che doveva accadere. Per quanto don Cesare sferzasse i cavalli, il temporale, che s'era andato raccogliendo fin dalla mattina, scoppiò e l'acqua cominciò e cadere una mezz'ora prima d'arrivare alla Castagnola. E bisognò pigliarla.

—Ti avevo detto che non era una giornata, da fidarsi—cominciò a gemere donna Ines, che sedeva a fianco del conte sull'elegante *phaeton*,—Ma parlare con te e parlare col muro è lo stesso.

—Brava, se i Castagnola ci aspettano.....

—Si doveva mandare un telegramma, o partire col legno grande e col Giuseppe.

—Che Giuseppe d'Egitto..!—Brontolò il conte molto seccato.

—Intanto rovini il legno e i cavalli.

—Ai cavalli ci penso io... ep, là.—E il conte lasciò andare al capo delle bestie due belle frustate. I due cavalli fini non furono troppo persuasi di quel modo di pensare e accecati anche dal bagliore dei lampi, flagellati da una pioggia grossa mista a gragnuola, cominciarono a galoppare malamente, a strattoni irregolari, su per la riva rotta dal fango. Donna Ines strillò:—Fermati, fermati.....

La povera contessa era livida di dentro e di fuori. E sfido! trovarsi lor due soli, in carrozza, per una strada deserta, con quel tempo in aria, con quei cavalli che don Cesare guidava quasi per la prima volta, via, chi si sarebbe divertito?

La contessa, come sono in genere tutte le donne e come devono essere tutte le contesse, era un caratterino nervoso, molto impressionabile, proprio quel che ci voleva in certi momenti per andar d'accordo con un uomo ostinato e irragionevole come il conte.

—Sacrr....—ruggì costui, accompagnando colla più energica delle sue bestemmie un terribile crac d'una ruota davanti, che fece piegare il legno da quella parte. Se non era pronto a saltar giù e a sorreggere la carrozza col suo gran corpo da gendarme, andavano tutti e quattro nel prato di sotto.

—Sacr... s'è rotta la ruota davanti. Vien giù.

—E come faccio a venir giù?—chiese la contessa con voce dolente mista di lacrime, di spavento e di rabbia.

—Vien giù in qualche maniera, per Dio sacrr... Non vedi che devo tenere i cavalli?

—Non c'è qui un uomo?—tornò a domandare la povera signora, a cui pareva impossibile che non ci fosse al mondo nemmeno un uomo per aiutarla a discendere. L'acqua veniva più grossa.

I cavalli tenuti per il muso dalle mani di ferro del conte, scalpitavano, rinculavano, dando scosse al legno. Bisognò discendere, in qualche maniera; ma un lembo di pizzo della *visite* restò attaccato alla *mécanique*.

—Se non te l'avessi detto, pazienza! che male c'era a condurre il Giuseppe?

—Non far la stupida—rimproverò il gendarme—Apri l'ombrellino e piglia questo viottolo a destra. C'è un cascinale vicino.

—Dove?

—A destra, non a sinistra, oca! va a cercare qualcuno che venga a tenere i cavalli. Moro ha l'occhio spaventato. Se li lascio andare si accoppano questi accidenti sacrr...

Non era il momento di far questioni filologiche. Sotto il parasole di *satin* la contessa cercò la stradetta, saltando come poté sulle pozze d'acqua e prese a correre verso il cascinale che distava un trecento passi. Proprio in quel momento si aprirono le cateratte del cielo. L'istinto di conservazione, rinforzato dalla bile e dall'odio contro l'asino imbecille che l'aveva tirata in quell'avventura, dettero alla povera signora una forza straordinaria, che a casa sarebbe subito scomparsa alla vista del più piccolo ragno.

Ma come *l'appetit vient en mangeant*, così il coraggio viene dal bisogno d'averne. Lo scrisse lei stessa qualche giorno dopo in una lunga lettera a donna Mina Besozza: "*l'occasion fait le larron*: io che soltanto all'idea d'una fessura sento un reuma nel cuore, son uscita da quel diluvio senza il più piccolo raffreddore."

* * *

Come arrivasse alla cascina Torretta è più facile immaginare che descrivere. Avendo un colpo di vento spezzato il parasole, la povera martire dovette camminare cinque minuti sotto quella benedizione, coi piedi in un velluto di fanghiglia, d'una fanghiglia cretosa che si appiccicava agli stivaletti, alle calze, alle balzane. L'acqua che defluiva dalle campagne finiva a formare un laghetto davanti alla casa, e dovette attraversarlo sotto le grondaie, che versarono un mezzo barile di colatura sul cappellino di paglia.

—Non c'è qui nessuno?—Gridò ricoverandosi sotto un rustico portichetto, appena poté tirare il fiato.—Si è rotta la ruota d'una carrozza. Ehi, di casa!—Provò a scuotere il paletto e a spingere un vecchio uscio sgangherato che lasciò vedere una cucina affumicata piena di mosche. Davanti al camino stava seduto un vecchio massaio colle mani aperte su un focherello invisibile, immobile sulla sua sedia di legno come se fosse anche lui lavorato nel legno.

—Galantuomo! non c'è nessuno?

Il vecchio di legno non si mosse. Era sordo.

—Va al…—fu per dire la povera donna che, trascinandosi dietro le sottane impegolate, andò a chiedere aiuto a un altro uscio. Era (*pardon*) una stalla. Un uomo sui quarant'anni, rosso di pelo, con una gola larga, colle braccia e colle gambe ignude, si affacciò reggendo una forchetta non da *dessert* e parve impaurito di vedersi davanti una figura vestita a quel modo.

Se ne contano delle storie nelle stalle! e coi temporali, si dice, vanno intorno anche le anime dei poveri morti.

—C'è una carrozza sulla strada con una ruota rotta. Andate, mandate qualcuno, presto.

Il Rosso stentò a capire. Che carrozza? che strada?

—Sono la contessa Battini Luziares.

Il Rosso, che non aveva mai sentito dire che ci fosse una signora di questo nome, rispose:—*Chi la gh'è no...*

—C'è una carrozza, il conte.... Mandate, andate voi.

Il Rosso, dopo aver strologato il fenomeno atmosferico, gonfiò un poco la gola e soggiunse, indicando colla forchetta l'acqua della grondaia: —*Adess, al pioev tropp...*—E sotto questo punto di vista non aveva torto. Pareva il diluvio universale.

—C'è un uomo sulla strada con due cavalli spaventati, capite?—replicò la contessa, cambiando il conte in un uomo nella speranza di commuovere le viscere di questo suo simile. Poi, pensando che la Cascina Torretta poteva appartenere a un essere ragionevole, soggiunse:—Voi di chi siete?

—*Sem dal Rostagn, el deputato...*

Quando si dicono le combinazioni! Rostagna era da cinque anni il tirannello del mandamento, un radicale rosso anche lui come il suo villano, un mangiapreti e un mangiasignori in insalata. Eletto coll'aiuto materiale e morale degli osti e dei mediatori di vitelli, spadroneggiava i comuni a dispetto dei padroni e delle autorità, che dovevano sopportare la sua prepotenza, voglio dire la sua influenza sui ministeri. A farlo apposta, don Cesere Battini era stato l'inventore d'un famoso anagramma, che da *Rostagna* tirava *Sta rogna* e la scritta "eleggete Sta rogna" si leggeva ancora alquanto diluita dal tempo sui muri di cinta. E si sapeva da tutti chi aveva pagato l'inchiostro indelebile e la mano d'opera. *Rebus sic stantibus*, la povera contessa non poteva capitar peggio. Ma poi da donna di spirito pensò che la politica è una pettegola e lei era la contessa Battini: che la *politesse* è superiore a tutte le piccinerie elettorali: che per quanto democratico, quell'aristocraticone al rovescio dell'onorevole Rostagna, non avrebbe mai permesso che una contessa Battini Luziares morisse affogata in un barile o avesse a pigliare una polmonite fulminante. E stava per invocare in suo aiuto l'abborrito nome, come sì invoca dai disperati quello del diavolo se i santi non si muovono, quando una vecchierella col capo pelato comparve sul ballatoio di legno.

—Non si può trovare qui un paio di uomini?—provò a supplicare la signora, alzando il viso verso il ballatoio, nella speranza di trovare nel seno della vecchiezza un po' più di visceri di umanità.

—*Gh'è Meneghin dal Gatt*—disse la vecchia parlando al Rosso.

—*Dov'è sto Meneghin?*—insistette la contessa.

—*Al soo minga, sciora. A l'è andaa foeura coll'asnin.*

* * *

Donna Ines provò una gran voglia di piangere. A veder quei villani così duri, così incapaci, così indifferenti per i suoi bisogni sentì tutto il suo sangue mezzo spagnuolo ribollire nelle vene. Capì come nei panni di una Elisabetta d'Inghilterra, o d'una Caterina di Russia si possa in certi momenti commettere una esagerazione; farne, per esempio, impiccare una mezza dozzina. Se si fosse trattato dell'asino o del porco oh li avresti veduti ammazzarsi in dieciotto! ma la pelle dei signori è una cosa che non conta.—Egoisti, poltroni, vendicativi!—Queste parole risuonarono e rimbalzarono come fucilate nel suo cervello fatto irragionevole dal dolore.—

—Sarete pagati. O pago subito, muovetevi...—e trasse fuori il suo bel portamonete di cuoio di Russia.

Il vecchio sordo, che si era destato anche lui al bagliore di un lampo, venne sull'uscio e riempì colla sua persona lunga, stecchita, color della terra, il vano oscuro.

—Avete visto Meneghin del Gatto?—chiedeva la vecchia pelata del ballatoio di legno.

—*Che gatt?*—diceva il vecchio che capiva male le parole in aria.—Potrebbe tornar sta sera—osservava il Rosso.—Se ci fosse Martin della Fornace.....—riprendeva la vecchietta.—Martin? Martin è andato a Cinisello....—E intanto che i tre villani si scambiavano dai tre punti della casa queste belle parole così conclusive, l'acqua veniva a secchi: e sotto l'acqua, poco dopo fu visto venire anche il conte coi due cavalli, uno per mano, conciato anche lui come un brigante delle Calabrie, più idrofobo che arrabbiato. La carrozza era rimasta sulla strada inginocchiata sulla sua ruota davanti.

—C'è qui un *accidente* di stalla da poter ricoverare queste bestie?—
Gridò col suo vocione da gendarme.—Bell'aiuto che mi hai mandato—riprese mangiando la contessa cogli occhi.—Se aspettavo te sarei
morto annegato. Dov'è questo *anticristo* di stalla.

—*Gh'è dent la vacca, scior...*

—Tirala fuori la vacca. Vuoi lasciar crepar di tosse i cavalli?

Il Rosso, dopo essersi consultato colla vecchia, si rassegnò a tirar
fuori la vacca che legò al timone di un carro sotto l'andito e lasciò
che il conte mettesse a tetto le sue bestie.

—Prendi un bel fascio di paglia asciutta e fregali forte—comandò il
conte con quel tono brusco che fa trottare i villani. E il Rosso obbedì
come se avesse parlato *ol deputato.*

—E adesso uno di voi vada a Caspiano dal fattore di Ca' Battini e gli
dica di mandar qui subito il legno coperto.

Nessuno si mosse. Chi ci doveva andare? non mica il vecchio sordo,
che non sentiva un cannone; non mica la vecchietta pelata, e nemmeno il Rosso che aveva la sua vacca da curare.
E poi con quel tempo...

—Non ci siete che voi tre, corpo dell'anticristo?—Gridò il conte che
teneva in mano la frusta per il manico—Non c'è qualche ragazzo?

—No, scior.

—Che Dio v'infilzi! non vi moverete per niente, figli di cani.

—*Se ghe fuss Meneghin dol Gatt...*—tornò a dire la vecchietta, che non
sapeva proprio suggerire niente di meglio.

—*Dove l'è sto Meneghin de la madonna...*—urlò il conte.

—*L'è andaa alla fornas coll'asen.*

—E la fornace dov'è?—E per non bestemmiare di nuovo in faccia ai
villani (che si scandalizzano facilmente) strozzò la brutta parola con
un colpo di frusta, che fece scappare e strillare tutte le galline acco-
vacciate sotto i trespoli.

Quell'uomo grande e grosso, con quel nome, con quella frusta, con
quelle bestemmie aristocratiche cominciava quasi a far paura. Allora
la vecchia prese a chiamare:—*Teresin, Teresin...*

Il conte e la contessa si guardarono un pezzo nel muso. E dico muso, perché avevano una gran voglia di mordersi: lei livida di freddo e di veleno; lui acceso, sudato, congestionato. Grugnirono qualche parola in francese (sempre per rispetto ai villani) e si voltarono ruvidamente le spalle.

—"Pover'anima, venga in casa: così conciata com'è si piglierà un malefizio—" Chi parlava questa volta era la Teresin, detta la sposa, una donna non più molto giovine, ma ancor fresca e di buona apparenza. Nel fondo oscuro della cucina, la spera degli spilloni d'argento, che le facevano aureola al capo, illuminava il suo viso da cristiana. Chiamata dalla suocera, aveva lasciato il bimbo e cercava ora di fare verso i due poveri signori quel che non si rifiuterebbe a un cane bagnato. Fece entrare la contessa, la mise a sedere su uno sgabello su cui distese a rovescio il suo grembiale e aiutò il nonno a mettere il fuoco in una fascina di strame e di pannocchie secche, che riempirono la stanza prima di un fumo d'inferno e poi d'una fiamma che abbruciava gli occhi.

La contessa mezza affumicata cominciò a tossire.

—Lei ha bisogno di togliersi da dosso questa roba—seguitò la Teresin—Madonna dell'aiut ol par tirata fuori da un pozzo come una secchia.

Se non le fa ripugnanza, venga di sopra nella mia stanza, dove potrà almeno levarsi le scarpe e le calze. Canzona? coi piedi bagnati si va al camposanto. Un paio di calze di filugello lo troveremo anche noi e poi le faremo scaldare una goccia di latte, povero il mio bene; intanto il suo uomo (voleva dire il conte) potrà tornare con un'altra carrozza a prenderla.—

Presa e sospinta da questi ragionamenti, che avevano il merito d'esser giusti, donna Ines—*à la guerre comme à la guerre*—si lasciò condurre su per una scaletta di legno che cigolava sotto i piedi, Dal ballatoio vide il suo uomo che partiva su un carrettino tirato da un asinello in compagnia d'un villano, sotto la cupola d'un grande ombrello rosso sghangherato. Pioveva un po' meno.

—La venga qui, santa pazienza! la roba è netta. Lasci che le tolga gli stivalini. O care anime, che piedini bagnati gelati. È matta a tenersi queste calze indosso? c'è da pigliarsi una *pilorita*. O ma', portate qua un paio delle mie calze. Ne ho portate sei paia quando sono venuta sposa e non le ho quasi toccate. E ora si tiri fuori anche il vestito, che lo metteremo al fuoco. Che peccato mortale d'aver rovinata questa grazia di Dio, con tutti questi pizzi che son così belli! sembran fatti col fiato. Se avessi anche un vestito degno di lei… ma ora penso che ci abbiamo una buona coperta di lana. Aspetti, intanto che facciamo asciugare un poco la roba, lei la si volti ben bene qua dentro, così: magari la si distenda un poco sul letto (questa è la mia parte) e lasci che le metta un coltroncino sui piedi. Gesummio, sto povero cappellino! par stato sotto i piedi della vacca. Le è proprio capitata una giornata di quelle: e quel suo uomo ha poco giudizio a strapazzare una carnagione come la sua. Stia sotto sotto, quieta quieta e cerchi di sudare. Ora le porto il latte caldo."

Teresin uscì e tornò con una scodella di latte bollente, grande come il lago di Como, che fu un vero ristoro per la povera creatura intirizzita di dentro o di fuori. La Contessa tornò a rannicchiarsi nel grosso e ruvido coltrone, se lo tirò fin sopra le orecchie e cercò di fare una buona reazione.

Nel ritorno del calore le sue forze si sentirono consolate. La tensione stessa irritata dell'animo cedette insensibilmente nel molle e soave abbandono del corpo. Un tiepido senso di benessere calmò i suoi pensieri, percorse le sue membra strapazzate, finché un velo di sonno trasparente e leggero come una nuvoletta passò sulle sue palpebre. Ed ebbe una visione rapida, evanescente, che la portò colla solita irragionevolezza dei sogni a vedere una gran festa di rose in fiore, di cui era pieno un gran giardino non suo, veduto forse in un romanzo giapponese di Pierre Loti. E per il viale fiorito vide venire incontro a gran salti di gioia il suo Blitz, il bel cane di Terranuova, che nel partire avevan lasciato piagnucoloso alla catena. Blitz le poneva le sue zampone sulla spalla, faceva cento baci colla lingua e si lasciava prendere e carezzare il muso. Un sentimento di infinita tenerezza la spingeva a baciare la bella testa di quell'animale così buono e intelligente…

* * *

"Fu veramente un sonno delizioso—scriveva lei stessa a donna Mina Biraga—come da un pezzo non sogno più. Ma ero letteralmente *épuisée*. Non ho pigliato un malanno, ma Dio ti salvi dagli idilli campestri.

Per me preferisco una spanna del mio salottino a tutti i *Trianon* e a tutti i *chalets* dei poeti, a meno che i buoi e le capre non siano di porcellana. L'Arcadia è sporca. E la bestia uomo non è meno bestia delle altre, non escluse le donne. Teresin me ne raccontò di tutti i colori. Quando seppe che non ho figli, mi consigliò, indovini?—di portare in vita tre spicchi d'agli infilati in uno spago. Una sua sorella che ha provato questo rimedio consigliatole da un santo eremita di Musocco, ebbe due volte due gemelli dopo quasi tre anni che non vedeva figliuoli. Puoi immaginare un *ilang-ilang* delizioso? amore all'aglio. Quando tornò Cesare colla *daumont* era già sera. Siccome ebbe la prudenza di condurre con sè quel mattacchione del barone Barletti, (è vero che fa la corte alla Tea?) così si è evitata la scena ultima e si è finito col ridere. E bene sia quel che è finito bene; ma ho dovuto venir via colle calze di filugello e cogli zoccoli della sposa, fino alla carrozza come su due trampoli, sostenuta da Cesare da una parte e dal barone dall'altra, che mi chiamò una deliziosa Diana traballante. *Glissons, n'appuyons pas.* Faccio conto di mandar questi zoccoli alla madonna di Pompei in segno di grazia ricevuta. Par che faccia mirabilia quella cara madonna, se è vero quel che scrive la principessa d'Ottaiano alla madre superiora del nostro Cenacolo. Sarebbe la miglior confutazione a quella porcheria del Lourdes di Zola, *qui sent la bête* anche lui.

Siccome *malheur à quelque chose est bon*, così anche i temporali servono a qualche cosa. Cesare ha creduto dover suo di scrivere un biglietto al deputato per domicilio violato, ecc. Il deputato, che mangerebbe un prete a pranzo e un aristocratico a cena, ha risposto un biglietto cortesissimo e anche spiritoso, nel quale deplora di non essere stato avvertito a tempo, perché avrebbe mandata la sua carrozza e ci avrebbe ospitati nella sua villa di Mirabella che è a due passi dalla Torretta. Spera però in un altro temporale. So che i due uomini si sono poi trovati su terreno neutro. Cesare gli manderà domani una coppia di conigli americani, due così stupidini, ma assai *chéris*. Politica a parte, pare che il feudatario di Mirabello sia meno orso di quel che si dice. Cesare aspira quest'anno alla deputazione provinciale e chi sa che l'asino di Meneghino e i conigli americani non abbiano a far alleanza! Questi democraticoni, a saperli pigliare, sono i nostri migliori servitori.

Mi chiamano per il bagno. È già il terzo e mi par di sentire ancora indosso la pelle della pecora. Ah quel coltrone! Il *y a*, poi, *quelque chose aussi qui me pique*. Ciao.

tua INES.

PS. Di' a don Carlo che mi mandi la "*Manna dell'Anima*" legata in mezza pelle. Voglio regalare qualche cosa a quella povera cristiana in pagamento degli zoccoli. A proposito: chi è il tuo calzolaio?

L'ANATRA SELVATICA

Il retrobottega della drogheria, messo come un salottino, dava con una finestra su un vicolo contiguo agli uffici della Pretura, e il vicolo era così stretto, che il nobile de' Barigini poteva dalla finestra della cancelleria contare i gomitoli nella cesta di lavoro della simpatica signora Cecilia, moglie al signor Baldassare Maliardi, consigliere comunale e sindaco della banca popolare di Terzane.

La simpatica Cecilia, detta anche la bella Ceci, già madre di tre bambini, uno dei quali ancora a balia, veleggiava trionfalmente verso la trentina; ma piena di spirito e di vita poteva dar dei punti a tutte le bionde e a tutte le brune del mandamento.

Soltanto la Clementina dell'orefice osava contrastarle col suo bel biondo lino e coll'eleganza del vestire, tutte le volte che si trovavano nello stesso banco alla messa; e per questo c'era tra lor due un non so che di diffidente, di tirato, di amaro, che non impediva però a lor due di baciarsi sulla faccia come sorelle e di farsi molte visite. Guerra di donna guerra di farfalle.

La Cecilia Manardi, figlia dell'architetto Giambelli, che restò sepolto sotto la rovina d'un suo campanile, aveva ricevuta una discreta educazione nel collegio di Cernusco, ciò che le permetteva di leggere non solo il *Padrone delle Ferriere* in francese, (quel che la Clementina non sapeva fare) ma anche qualche bel romanzo del Daudet, del Bourget, del Rod.

Questi e qualche altro bel libro anche più arrischiatello erano di volta in volta forniti dal nobile de' Barigini, cancelliere della contigua pretura, che da un anno in qua carezzava cogli occhi la bella vicina, che si lasciava carezzare da quegli occhi molto volentieri.

Manardi non sapeva legger bene che i suoi libri mastri o i bilanci della Popolare; ma siccome verso la Cecilia aveva il cuore indulgente, purché la moglie tenesse un occhio aperto sulla bottega, lasciava che si divertisse a leggere quanti più libri voleva. Solamente quell'*ibis eredibis* di volumi dalla pretura alla drogheria, se si fosse potuto evitare, sarebbe stato un gran bene, anche per riguardo alla gente pettegola, che ronza intorno alla onestà d'una bella donna col verso che il moscone fa intorno a un sacco di zucchero.

Non ha detto Dante in qualche sito che: *galeotto fu il libro e chi lo scris-*

se? Manardi aveva studiato anche lui il suo pezzo di Dante in seconda dell'istituto tecnico, e un proverbio raccomanda di usar prudenza chi ne ha.

Certi zig zag fatti col lapis sui margini, certe orecchiette di can bracco negli spigoli delle pagine, certi punti ammirativi lunghi la lunghezza del libro non si fanno per nulla; ma donna avvisata mezza salvata. Se non ha giudizio una madre di famiglia con tre figliuoli, dove andremo a cercare il giudizio? nella scattola delle caramelle?

Il cancelliere nobile de' Barigini, di illustre famiglia marchigiana decaduta, secondo dava a intendere, in seguito a mille traversie aveva dovuto per la miseria dei tempi troncare gli studi di legge e rassegnarsi al modesto impiego di cancelliere in una pretura di provincia; ma il sangue e il carattere si portano dappertutto.

Ancor giovine, non troppo in là della trentina, alto e serio della persona, colla fronte bianca e spaziosa, colla bella barba lunga, elegante parlatore come sono in generale quei di laggiù, coltissimo nelle letterature moderne, era quel che si dice un uomo fuori di posto. Avrebbe portata meglio la carica di sottoprefetto; ma non se ne lamentava. Se la catena corta del modesto impiego non gli permetteva di sfoggiare le sue attitudini, cercava dei compensi in una vita aristocraticamente intellettuale, pascendosi di letture delicate e scrivendo segretamente degli articoli d'arte, che un giornale di Roma pubblicava col nome di Rastignac.

A Terzano, borgo di carattere agricolo, un uomo come lui non poteva essere molto simpatico ai borghesi, ai possidenti, ai bottegai, ai mediatori di bestie e a tutti coloro che preferiscono un buon litro di Valpolicella a tutto Tolstoi legato in marocchino. Le donne forse lo intendevano di più e forse se lo contendevano segretamente, anche per quell'aria filosofica di libero pensatore, che assumeva senza offendere le credenze, su certe questioni. Ma nessuno sapeva che fosse un letterato, tranne Cecilia Maliardi, che aveva giurato con un senso di orgoglio di non tradire il segreto.

Tutte le settimane arrivava in drogheria il giornale di Roma, una specie di *Battaglia per l'arte*, ma più inconcludente, dove da qualche tempo Rastignac scriveva sul teatro di Ibsen e sul nuovo *Simbolismo* artistico delle lettere indirizzate a una signora bionda e spirituale. Non vi fu bisogno dell'orecchia di bracco per far capire a Cecilia chi fosse la signora bionda. L'onore era troppo alto, le allusioni troppo trasparenti, perché non dovesse sentirsene rimescolare da cima a fondo. E lascio immaginare l'effetto magico che quelle lettere scritte in uno stile tra il mistico e il confuso dovevano fare sul cuore caldo e bisognoso della bella Ceci. Le strane donne del drammaturgo norvegese, passando attraverso ai barattoli del pepe e della noce moscata, lasciavano nei sensi e nella fantasia della donna come un profondo desiderio, come una curiosità non soddisfatta.

In quelle lettere a una bionda spirituale si parlava troppo di rinnovamento morale, di risorgimento etico, di ribellione delle anime, di nuovi orizzonti, perché al risvegliarsi dell'estasi la moglie di Baldassare Manardi non avesse a trovare molto volgare una drogheria piena di mosche. Se non l'aveva avvertita mai prima questa volgarità, è perché il cieco non ha ribrezzo a dormire in un letto che non vede. Così chi nasce vicino al magnano non sento il frastuono del magnano, se non quando ha il mal di testa. Ma se aprite gli occhi, se i vostri nervi si fanno delicati, il ribrezzo, la nausea, lo stordimento vi andranno al cervello.

Durante una malattia piuttosto lunga di Baldassare, dalla quale il pover uomo si salvò a forza di sanguisughe, la Cecilia fu obbligata in bottega, legata anche lei come un cane alla catena. Nei brevi momenti di riposo doveva salire in stanza a veder il malato, che tormentato da una risipola, era diventato brutto e insopportabile. Per colmo di disgrazia si ammalò anche il bimbo a balia in conseguenza d'una cattiva dentizione; sicchè più volte dovette lasciar la bottega e farsi portare alla Cascina dei Bastoni a vedere il povero piccolino ridotto come un filo.

Da questa realtà non simbolica usciva la sera stanca morta. La bottega, dopo una cert'ora, rimaneva quieta. Tonio, il pestapepe, sonnecchiava dietro il banco coi grossi bracci nudi appoggiati sui ginocchi. La luce cruda della lucerna a petrolio si diffondeva e si riverberava sui vasi, sulle etichette e sui piatti d'oro delle bilance, in un silenzio che conciliava il sonno alle mosche appiccicate alle corde e alle torcie pendenti dal soffitto. Baldassare sotto l'effetto del cloralio dormiva il sonno dell'innocenza.

Era in quelle ore quiete, tra le nove e le undici, che la parola fluida e molle del nobile marchigiano percorreva cieli ed orizzonti ideali.

Seduto al tavolino di lavoro, nel salottino del retrobottega, dopo che Tonio aveva servito la *chartreuse* o il rosolio di china, mentre Cecilia ripassava il sacco del bucato, Rastignac rivedeva gli strappi di questa povera tela lisa che si chiama l'umanità.

Tutto nel mondo sociale è menzogna convenzionale, mentre la natura è così sincera. Menzogna è la giustizia che condanna il povero, colpevole di aver rubata una gallina, e fa senatore il ricco, ladro di milioni. Menzogna la religione che fa di Dio un balocco delle nostre passioni. Menzogna il matrimonio, che unisce i corpi e divide le anime. Menzogna l'amore di certe donne, che riescono a ingannare fin sè stesse nell'apprezzamento dei propri sentimenti.

Tutta questa filosofia era esposta dal nobile de' Barigini con una serenità apostolica, senza parole dure, senza fiele per nessuno, semplicemente, come il frutto di una lunga riflessione filosofica fatta sulle cose umane. Ma Cecilia era sospinta nei vortici di questa critica da una forza interna, che quasi non sapeva più dominare.

Una voglia strana di ribellione cominciò a renderla inquieta, intollerante, nervosa verso il malato brontolone, che si divertiva a sfogare su di lei i tormenti della risipola. Mai gli avventori abituati alle belle maniere, ai sorrisi e ai denti bianchi della sora Cecilia avevano vista una faccia più scura, più arrabbiata. Di giorno in giorno questo sentimento di ribellione, anzichè diminuire, si faceva più ardente, più forte, quantunque Rastignac non mostrasse mai la sua forza dominatrice. Egli era di quegli uomini che pigliano le lepri col carro. Sapeva farsi amare prima di mostrar di amare.

Spesso parlava di certi esseri fuggevoli, che lasciano dietro di sè un solco, per il quale si mettono le anime che vogliono andare a confini lontani; ma non dava mai a questi esseri alati nè un paltò nè un cappello. Eppure Cecilia si sentiva dominata e presa come da un dolcissimo, e malinconico despota. Non si eran mai detta una parola d'amore, ma i loro spiriti viaggiavano oramai abbracciati per la via luminosa a spire sempre più alte, per le quali non passano lo anime dei grassi droghieri. È nell'altissimo polo dell'universale che le immortali farfalle umane deporranno la semente dell'umanità nuova. Passato il lungo periodo dell'incubazione invernale, il sole dell'amore spontaneo farà schiudere il Superuomo dal guscio del materialismo borghese....

A parte queste, che in fondo son fanfaluche simboliche, il fatto certo è che la povera Ceci bruciava e si consumava come una candela accesa da due parti. Quel bisogno di idealismo, che è in tutte le donne e che non aveva ancor trovata la sua formola, si lasciò modellare sulle prime formole che un uomo d'ingegno, dagli occhi soavi, dalla bella barba, dalla parola affascinante gettò nella fornace.

E Barigini per parte sua affascinato da quella che si dovrebbe chiamare sinceramente attrazione delle molecole, si lasciava condurre a confidenze gelosissime, narrava di lotte domestiche fierissime contro uno zio cardinale che lo aveva diseredato in odio alle sue idee, del tradimento di una donna, una cugina contessa di Sinigallia, che aveva preferito sposare un vecchio milionario. La sua vita era la sintesi delle dolorose battaglie e delle sconfitte che aspettano ogni anima che voglia uscire dalla volgarità delle cose. Ma egli si era messo animosamente per la lunga e aspra strada che dovrebbero percorrere le anime per l'elevazione di se stesse e per la purificazione dell'essere. I forti che aspirano all'altezza devono avere la visione tragica della fatalità che pesa sulle anime. Il cielo è ancora e sarà sempre dei violenti. L'uomo che viveva con cinquanta lire al mese in uno oscuro borgo non invidiava nessuno, perché se gli altri posseggono ricchezze, case e fondi, egli possedeva se stesso e il suo ideale. Quando dall'alto d'una collina il suo sguardo girava sulla vasta campagna, egli poteva dire:—Tutto questo è mio, perché la ricchezza vera non è nel possesso delle cose, ma nel possesso d'una coscienza che si eleva dal fango dei volgari interessi e conquista l'ideale d'una vita libera e contemplativa.

Quando mai il povero Baldassare aveva detto qualche cosa di somigliante? non cattivo nel fondo, lo spirito del pover'uomo non sapeva elevarsi più alto del suo magazzino. Per Manardi la minaccia d'una tassa sulle raffinerie era una questione più interessante d'ogni purificazione dell'essere. Su questi argomenti si fanno i quattrini e basta!

Ceci, scendendo dalle altezze ideali di quelle caste e morbide visioni, sentiva più forte l'odore del pepe e della noce moscata. Ma come se tutto ciò non bastasse, andò a capitargli una brutta avventura.

Manardi, che non poteva ancora uscir di casa, la incaricò un giorno di andare a riscotere il pagamento d'una cambiale in scadenza in casa del vecchio fattore di villa Raverio. Il fattore non poteva pagarla la cambiale: anzi, siccome da un pezzo gli affari gli andavano maledettissimamente, credendo coll'acquavite di spegnere i brutti pensieri, s'era riscaldata la testa, dava in ismanie furiose, picchiava con un pezzo di stanga tutti i creditori che avevano il coraggio di presentarsi sul suo uscio, che non è forse il sistema peggiore di non pagare i debiti. C'è, per esempio, chi li fa pagare e scontare agli altri.

Si può dunque immaginare l'accoglienza che ricevette la signora Manardi di Terzano la mattina che si presentò colla sua pezzuola di carta in mano. Se non era svelta la figlia maggiore a sbattere un uscio in faccia al furibondo padre, il vecchio Cassiano m'infilzava la bella Ceci su un lungo spiedo che teneva brandito come una spada. Accorsero i figliuoli, che presero il frenetico padre in mezzo, lo legarono con una corda, dopo averlo disarmato e battuto... Una scena orribile da irritare i nervi a dieci gendarmi non che a una donnina, che cominciava a considerare il denaro per quel che vale! Aveva ragione Barigini. L'egoismo, l'avidità, gli affaracci imbestialiscono l'uomo. E il più bello fu che, tornata a casa, si prese anche un rabbuffo da quell'altro dalla faccia fasciata, perché era venuta via senza il denaro. A Manardi seccava orribilmente di dover procedere per le vie legali, che oltre all'odiosità di un sequestro, fanno perdere un tempo enorme e consumano un patrimonio in carte bollate.

Questi erano altrettanti commenti ai discorsi di Rastignac.

Una sera, due o tre giorni dopo la brutta scena in casa del fattore, (Manardi convalescente andava ancora a letto molto presto) Barigini, per distrarla, lesse alcune scene dell'Edda Gabler, l'ultimo dramma di Ibsen, che i romani avevano recentemente fischiato al teatro Valle. E voleva provare che talento dimostra il così detto colto pubblico in faccia all'arte. E lesse bene, riassumendo le scene secondarie; ma la lettura fu continuamente disturbata dai versi di un'anatra selvatica che lo zio di Valmadrera aveva mandato a Manardi quel dì, chiusa in un cesto che Tonio collocò sotto il tavolo di cucina. La bestia seguitò tutta la sera a sbattersi nel cavagno e a fare il suo versaccio, come se protestasse anche lei coi romani contro il simbolismo.

Una volta Barigini esclamò:—I romani non mostrarono più spirito e più intelligenza di questa bestia. Creda pure, cara Cecilia, gli uomini hanno tutti o poco o tanto dell'anatra. Natura dà le ali, ma le bestie preferiscono il pantano.

—Qua, qua...—fece l'anatra.

—Come vuole che una bestia dalla testa così piccina intenda i grandi problemi, che affaticano lo spirito umano? Noi ci affatichiamo a purificare noi stessi dalla materialità: noi combattiamo contro il nostro cuore, contro la nostra carne... (la voce di Rastignac si fece tremolante) nella viva luce d'un pensiero, ma le anatre andranno sempre a cercare il loro pascolo nel fango dello stagno. Esse nutrono la loro carne di vermi.

—Qua, qua...—soggiunse la bestia irragionevole.

—Noi cerchiamo alla Natura e all'Amore la forza creatrice dell'Idea...—Barigini fece vedere colle mani queste maiuscole nell'aria.— Queste bestie non cercano che la Sensualità.

Cecilia impallidì. Rastignac non parlava soltanto della bestia chiusa nel cesto sotto il tavolo. Non soltanto le anatre selvatiche cercano la Sensualità. Un senso di profonda umiliazione avvilì la bella donna. Si sentì quasi abbrutita dal suo destino. Si trovò perduta in mezzo ai sacelli di zucchero e di caffè come in una landa sterile e brulla che doveva percorrere per tutta la vita. Rastignac parlava una parola che essa anelava da un pezzo di udire, che le pareva di aver udito altro volte ne' bei sogni della giovinezza, quando la vita è un sogno e l'amore una rugiada. Le sue idee, le sue speranze i suoi orgogli di donna spirituale si rianimavano al contatto di quella voce che conteneva un'anima...

—Qua, qua...

Anch'essa imparò a odiare la bestia. Per cinque o sei giorni ebbe la febbre indosso. Sentiva una voglia pazza di sparare come Edda Gabler colpi di pistola nei vasi delle mandorle e delle perline toste. Al contatto di Rastignac si sentiva un'altra donna, non più la droghiera di Terzano, ma un amazzone che preparava le armi per una grande battaglia. Nell'amore di Rastignac trovava, non dirò se stessa, ma l'angelo che aveva dormito in lei fino a quel giorno. Egli aveva parlato più volte della risurrezione degli spiriti. Ebbene Cecilia Manardi sentiva qualche cosa che, si moveva sotto la pietra del sepolcro. Viveva ormai di lui, per lui, elevandosi come un'aquila nel mondo del pensiero e dell'amore intellettuale, dimenticando la sua sorte di anatra selvatica condannata a pascersi di vermi e a gemere in un cesto chiuso, provando insieme a impeti di ribellione, impeti non meno orgogliosi di felicità che la spingevano a imprudenze fatali.

E Dio sa dove sarebbe andata a finire con queste imprudenze, se una mattina di luglio non fosse corsa una strana voce a suscitare le meraviglie, i commenti, i pettegolezzi dei seimila abitanti di Terzano.

Il nobile de' Barigini era stato arrestato la notte e condotto a Milano.

Fu la Clementina dell'orefice che venne apposta in drogheria a portare la stupefacente notizia, così calda calda come l'aveva raccolta pochi momenti prima dalla bocca autorevole del pretore. E può darsi che ci avesse il suo gusto anche lei a metterci della frangia. Anche le bionde hanno la loro morbida cattiveria.

Non si trattava nè di socialismo, nè di anarchismo, nè di complotti politici. Il cancelliere aveva semplicemente, borghesemente, trattenuti dei vaglia postali diretti all'ufficio per una somma di cinquecento o seicento lire, facendo figurare nei rendiconti semestrali non so quali spese simboliche. La cosa era venuta al pettine e si volle procedere per citazione direttissima, anche per dare un esempio, E veramente se cominciano a rubare gli impiegati della giustizia, che cosa dovranno fare quei poveri ladri?

* * *

Poi di notizia in notizia venne fuori che il nobile Scipione de' Barigini, nipote d'un cardinale, ecc. non era niente affatto nobile, nè marchigiano, ma semplicemente un figlio disutile d'un povero maestro di Vigevano, che dopo aver fatto stringhe della pelle pur mantenerlo agli studi e per cavare da lui un uomo, s'era trovato in mano un Superuomo di quella razza. Di vero e di autentico il Barigini non aveva che un ingegno vivo, il fascino d'una chiacchiera non comune, una magnifica barba, e un gusto elevatissimo al dolce far niente.

E Rastignac?—gli articoli eran belli e arguti; ma il cancelliere aveva a che fare coll'autore di quelle lettere, come un ministero colla prosperità nazionale.

Per la povera Ceci fu un colpo tremendo e una mortificazione da far perdere la testa, da rompere il cuore in due pezzi. Oltre al precipitare dalle sublimi altezze dell'aquila nel barile dell'aceto, sentì tra pelle e pelle tutte le risate che dovevano fare le belle gelose e le brutte invidiose.

Essendo giorno di mercato, in bottega fu un continuo andirivieni di gente, e ognuno voleva dire la sua; e nella voce di tutti le pareva di sentire come una canzonatura.

Un certo momento, non potendo più resistere al tormento, presa dal convulso, scappò in cucina, chiuse l'uscio, e dette sfogo al patimento, poverina, con uno scoppio di pianto che minacciò di lacerare la vita e l'anima.

—Qua, qua... fece la bestia sottovoce, svegliandosi da un leggero assopimento.

Era l'insulto della bestia.

Qui la cosa potrà parer strana, ma è vera, come vera è ogni pazzia che passa nel cervello delle donne. Un lampo sinistro balenò nella fiamma sanguigna che arse la sua testa; sentendo un delirio di vendetta, cacciò una mano nel cesto, strinse nella mano convulsa il collo dell'anatra, la trasse fuori, aprì coll'altra mano il tiretto, levò il coltellaccio...

La bestia guizzò nella mano e soffiò il suo sangue nutrito di vermi nella cenere del camino.

Cecilia subito si sentì più calma e scrisse allo zio di Valmadrera per invitarlo a mangiare l'anatra in compagnia di Baldassare. Questi, che dopo un mese di pan grattugiato, cominciava a gustare la carne, trovò l'anatra eccellente e obbligò Cecilia a succhiare un'ala. Non si parlò di Barigini se non per incidenza.—Ha piluccato anche a me trecento lire—disse Manardi ridendo; e poi soggiunse:—Ma non incrudeliamo con un morto.

Quando si fu alle frutta, la vecchia moglie del fattore di Villa Raverio domandò di parlare al sor Baldassare. La povera donnetta con un cavagnolino in mano, in cui teneva due piccioni coperti con un fazzoletto, cominciò a pregare e a supplicare, perché non fossero fatti gli atti del sequestro, che sarebbe stata per loro una vera morte oltre al disonore: e invocando gli angeli e i santi del paradiso, cercava di toccare il cuore del droghiere.

Questi la lasciò cantare un pezzo, poi nel momento che riempiva un bel bicchiere di vino, prese a dire:—Capite, la mia cara donnetta, che anch'io ho i miei impegni; e anche questa malattia mi è costata un'occhio del capo. Però non voglio mostrarmi irragionevole. Ecco qua la cambiale. La cedo a Cecilia, che saprà farsi pagare a poco a poco, con pezze di tela, con degli ovi, con degli asparagi, e con qualche rosario in suffragio de' suoi morti. E ora bevete, Caterina....

—Che Dio, la madonna e S. Giuseppe benedicano lei, la sora Ceci, che l'è sempre più bella che mai, e quei cari suoi *patanelli*.... E possa averne ancora tre o quattro....—

—Bevete per amor di Dio!...—si affrettò a gridare Baldassare per scongiurare l'augurio. E Caterina, dopo aver allungato il barbéra con due grosse lacrime, alzò il bicchiere e lo votò d'un fiato.

—Le ho portato due piccioni, sora Ceci....—disse poi col viso radiante, togliendo il fazzoletto.

Cecilia prese il cavagnolino colle due mani che tremavano.

Il cuore cominciò a batterle in una maniera insolita: e batte ancora così.

* * *

CERTE ECONOMIE

Giugno 1885 il camparo della grande *tenuta* d'Arbanello, uno dei più grossi fondi che l'ospedale d'una nostra città possegga nel basso milanese, andando per la solita ispezione, rilevò una piccola rottura in uno dei molti canali di scarico che danno da bere ai prati. Il temporale della notte aveva schiantata una pianta, scassinando con essa la testa d'un arginello, rovesciando tre o quattro mattoni che, caduti nell'alveo, turbavano per un quarto d'oncia la bocca di scarico del canale; un'inezia, ma che rubava qualche secchio d'acqua al fondo dell'Opera pia a tutto beneficio del vicino fondo del marchese Riboni.

Sì sa che le questioni d'acqua son delicatissime, quanto ardenti son quelle del vino; e basta alle volte un mattone fuori di posto per suscitare un vespaio di liti e di contestazioni. La goccia, che secondo il dettato, *cavat lapidem*, nei fondi irrigatori semina l'oro. Per conseguenza ha fatto benissimo il camparo Bogella a non toccar nulla, ma a riferire subito la cosa al sor Mauro, il fittabile; il quale alla sua volta, non volendo avere de' fastidi col marchese, un litichino di professione, prese la penna e scrisse direttamente all'ingegnere Martozzi dell'ufficio tecnico di amministrazione, avvertendolo che tre mattoni d'un arginello, in causa d'una pianta, eran caduti nella bocca del canale con qualche pregiudizio dei fondi dell'Opera pia.

* * *

L'ingegnere Martozzi, da quell'uomo diligente che è, portò la cosa in direzione; ma essendo fuori il cavalier Sermenza, ingegnere capo, e non avendo egli l'autorità di delegare un tecnico perito per una visita sopra luogo, lasciò passare le due feste: e al martedì, quando il cavaliere si lasciò vedere due minuti in ufficio, gli riferì insieme cogli altri affari anche intorno all'oggetto dei tre mattoni caduti nella bocca di scarico in un canale della tenuta d'Arbanello, *per la quale*(questo era il suo pronome favorito) ne veniva qualche pregiudizio ai fondi dell'Ospedale.

Il cavalier Sermenza, che aveva in quei giorni ricevuto un favorone dall'ingegner Fraschi, rappresentante la Società d'assicurazione contro i danni della grandine (*la Previdente, capitale illimitato*) memore del precetto che una mano lava l'altra, fu lieto d'aver subito sotto mano un'occasione per dimostrargli la sua gratitudine.

Detto fatto, gli scrive di presentarsi al più presto ad assumere un *so-*

praluogo per una riparazione *di qualche rilievo*; e la frase *di qualche rilievo* fu scritta apposta per dare un po' d'importanza a una cosa che ne aveva poca in sè, ma che, come tutte le cose di questo mondo, poteva acquistarla strada facendo: e anche per far capire che la gratitudine è un sentimento, che ha anch'esso il suo bravo protocollo co' suoi numeri di riferimento nel cuore dei buoni colleghi.

Ed ecco, due o tre giorni dopo d'aver ricevuta la lettera, l'ingegnere Fraschi di ritorno da una visita in Valtellina si presenta pronto come uno schioppo alla direzione come sopra, cerca del cavalier Sermenza, che fa chiamare il Martozzi, il quale stende sul tavolo la carta topografica del fondo d'Arbanello e uno dopo l'altro mettono il dito sull'arginello, che aveva lasciato cascare tre mattoni nell'alveo del canale con pregiudizio della bocca di scarico.

* * *

Siccome per Arbanello non c'è comodità di strada ferrata, e l'ingegnere Fraschi non voleva perdere una giornata per tre mattoni caduti nell'alveo, ecc., aspettò che grandinasse un poco da quelle parti per poter servire l'Ospedale e la Previdente con un viaggio solo: il che potrebbe parere a tutta prima una misura di economia. E di fatto piacque al dio della gragnuola di mandarne quattro o cinque chicchi sul fondo di Verdazzo, un cascinale quasi al lembo del Po, che dista da Arbanello ventidue o venticinque miglia, una bella distanza a dire il vero; ma quando si hanno due buoni cavalli e una carrozza comoda pagata da due forti amministrazioni, e quando si può riscotere dalle due parti una diaria di quindici lire, nette le spese di vitto e d'alloggio, un ingegnere non si accorge delle distanze.

Così dunque, fatto con comodo il rilievo dei danni sul fondo di Verdazzo, dopo una buona colazione in casa del fattore, accesa una sigaretta, l'ingegnere Fraschi se ne venne con bel trotto a pranzo ad Arbanello, dove il sor Mauro, vecchia conoscenza, lo accolse colla solita buona ciera.

Non era la prima volta che l'ingegnere e il sor Mauro si trovavano sul campo degli interessi comuni, che non eran sempre quelli dell'Opera pia. I maligni volevano sostenere che il sor ingegnere facesse un dito di corte alla sora Sofia, la moglie di Mauro, la quale e il quale lasciavano fare, sempre nell'interesse comune. A san Martino scadeva il novennio d'affitto e bisognava rinnovare. Ora è sempre utile tener da conto una persona che ha dell'influenza sull'ufficio tecnico, che è nelle grazie del cavalier Sermenza, il quale alla sua volta fa il bello e il brutto tempo nel Consiglio d'amministrazione.

Il pranzo fu allegro, abbondante, saporito, pieno di chiacchiere e di barzellette, largamente inaffiato da quel vecchio vin di barbéra che tiene vegeto il marito e così fresca e saporita la sora Sofia. Si parlò di cento cose e un poco forse anche dell'arginello e dei tre mattoni caduti nella bocchetta d'acqua; ma si mandò il *sopraluogo* al dopo pranzo, quando fosse calato un poco il sole,

* * *

Intanto e mentre il sor Mauro schiacciava il pisolino della digestione, la sora Sofia a cui stava sul cuore la rinnovazione del San Martino, condusse l'ingegnere a vedere i meloni, l'insalata, il pollaio nuovo, la conigliera, il granaio, le stalle, la legnaia e anche più in là, nella beata sicurezza che chi dorme non piglia mosche. E quando più tardi il marito si svegliò e furono portati i caffè caldi, colla bottiglia del cognac, la buona moglie invitò l'ingegnere a fare una piccola partita a *scopetta*. Si giocò una mezz'ora, si fecero ancora molte parole su quel benedetto capitolato d'affitto, che bisognava rinnovare sopra una base più ragionevole. L'ingegnere promise di parlarne al cav. Sermenza, si versò un altro bicchierino di cognac e sugli sgoccioli si ricordarono che c'era da dare un'occhiata all'arginello, di cui sopra, e ai famosi tre mattoni caduti nella bocca di scarico.

Fecero attaccare o vi andarono insieme in una bella carrozza a tiro di due, Mauro a cassetta, l'ingegnere e la sora Sofia di dentro. Arrivati sul luogo del disastro, l'ingegnere discese un minuto e mentre Mauro girava i cavalli, ficcò gli occhi nell'acqua verdognola dell'arginello, contò i tre mattoni e non potendo lì per lì provvedere a nulla, si limitò a prendere delle note sul taccuino, rimandando lo studio a un altro giorno.

—Se deve tornare—disse il sor Mauro col suo fare largo e generoso—rimandi la visita a oggi quindici e venga a festeggiare il ferragosto con noi. Abbiamo tre oche stupende che hanno bisogno d'essere ammazzate.

—E conduca le sue belle *popòle*—aggiunse la sora Sofia.

—Non me lo faccio dire due volte, cari miei—rispose l'ingegnere.—È un pezzo che ho promesso alla Palmira e alla Clementina che le avrei condotte qualche volta.

—E dunque se si adattano, daremo loro dell'oca e del melone— esclamò Mauro ridendo. E restarono intesi.

* * *

Ferragosto è nei nostri paesi e forse dappertutto un pretesto per uscire a respirare una boccata d'aria libera, e ognuno procura di adattare la festa a' suoi gusti. Chi esce a piedi, chi va colla carrozza, chi col vapore e purché non manchino il vin buono e le allegre donnette, c'è della gente che non bada a spendere.

La Palmira e la Clementina furono subito in orgasmo all'idea di una scampagnata e pensarono di far mettere un nastro rosso sul cappellino della stagione. Parlandone per caso coll'Isabella, una loro sorella maritata a quel capo ameno di Isidoro Giambelli, agente teatrale, misero anche a lei una gran voglia di essere della partita; ma non si poteva lasciare a casa la suocera, la famosa ex-mima della Scala, che conserva ancora qualche reminiscenza dell'antico belletto tra le rughe della sua carta geografica, voglio dire della sua faccia. E la mima condusse seco anche il buffo della compagnia d'operette che cantava la Gran Via al teatro Pezzana; insomma tra vecchi e giovani e ragazzi furono dodici e ci vollero tre carrozze; e tutti furono addosso come cani e sciacalli alle povere oche della sora Sofia.

Ma la provvidenza, che non abbandona mai i suoi figli nemmeno quando mangiano la roba degli altri, aveva pensato a far passare una lepre sotto il tiro maestro del sor Mauro. Tre oche e una lepre in compagnia di qualche cappone a lesso, con guarnizione di salsiccia e di mortadelle fatte in casa e il tutto irrorato da tre qualità di vini massicci e spessi come la panna, possono non solo far tacere i rimorsi dello stomaco, ma affogare anche quelli di coscienza.

La tavola fu preparata sotto un verde pergolato di zucche. Isidoro Giambelli ispirato dal vin d'Asti mangiò, cantò, zufolò delle arie napoletane accompagnato dalla chitarra della suocera mima o dagli sgambetti del buffo. Era un vero teatro! I villani accorsi al rumore stavano a bocca aperta dietro la siepe di robinia e ridevano alle smorfie del buffo, tenendosi il ventre vuoto colle due mani per non lasciarlo crepar dalle risa.

Si mangiò per dodici bocche e si bevette per ventiquattro con meraviglia dello stesso sor Mauro che, in quanto al bere, purché non fosse acqua, dava dei punti a un prato.

—Se dovessi pagar io—pensava in cuor suo—questa gente mi costerebbe un taglio di fieno.

Tra la panna e il caffè, l'ingegnere, allegretto anche lui, prese in disparte l'affittaiuolo e tirandolo bel bello verso il campo dei meloni, lontano dal chiasso, gli disse a mezza bocca:—Sermenza mi ha promesso che scalerà tremila lire. Ho dovuto sudare tre camicie, ma l'ho finalmente persuaso. Tre per nove fanno ventisette, che cogli interessi vi danno quasi trenta mila lire: trenta mila lire che io faccio guadagnare al bravo sor Mauro in nove anni d'affitto.

—Il quale sor Mauro saprà ricordarsene a tempo opportuno—disse l'affittaiuolo con un faccino contento.—Quando aggiusteremo il conto di quei tre mattoni caduti nella bocchetta d'acqua, saprò il mio dovere,

—Per esempio?—Domandò l'ingegnere, che il barbéra rendeva mono delicato del solito.

—Per esempio, io credo che cinquecento lire per mattone sia un bel pagarli.... eh?

—Pensate che Sermenza non avrebbe ceduto se non fossi stato io a... a... Qualche cosa anche lui se la merita. Neanche i cani menan la coda per nulla.

—Ne parleremo a S. Martino. Siamo amici o no?

—Viva la sora Sofia!—Gridarono sotto il pergolato delle zucche.

—Viva il Ferragosto!

—Viva chi paga!... Scappò detto a Isidoro Giambelli, che non sapeva più quel che gli uscisse di bocca.

"Donde la necessità—dice la relazione del presidente del Consiglio degli istituti ospitalieri—*che questa amministrazione stringa i freni e si riduca a un più rigoroso sistema di economia, tanto nelle spese generali quanto nel dominio della pubblica beneficenza, sia col limitare il numero dei letti, sia col limitare il beneficio dei medicinali gratuiti a domicilio; avvegnaché la crisi agraria che ci travaglia si ripercota in tutti i rami dell'amministrazione e gl'interessi del povero siano per i primi offesi dallo squilibrio dei bilanci...*

Dal Maloja-Kulm alla morena del Forno, passando pel selvatico e alpestre laghetto di Cavoloccio, è una passeggiata di poco più di due ore per una stradicciuola un gran tratto carrozzabile, che il grande Hôtel Kursaal adatta, aggiusta ogni anno e rende "digeribile" ai piedi più delicati.

L'aria a due mila metri d'altezza è d'una leggerezza esilarante; e quel che si domina dai bricchi, non vestiti che da poche ginestre, è quanto di più lucido e colorito possa desiderare un dilettante di oleografie. Le vette son candide di neve; le schiene dei monti son brulle, d'un bigio ferro; il laghetto di Silz d'un celeste carico; il cielo più celeste del lago; e qua e là si stendono tappeti verdi, d'un verde tenero con su delle capannucce di legno, dei casini traforati, delle casette bianche coi tetti d'ardesia; in mezzo torreggia il massiccio edificio del *grand Hotel*, d'un pesante gusto normanno, salvo errore, che non dispiace agli inglesi, i quali, una volta dentro, s'immaginano di essere a casa loro.

Questo piacere raffinato di desiderare dappertutto il *chez soi*, quanto progredirà nei gusti, finirà col rendere quasi inutile il viaggiare. Quando sarò ben sicuro che dappertutto troverò i comodi di casa mia, e nient'altro di quel che ho in casa mia, potrò viaggiare pacificamente seduto in una poltrona. E sarà anche più economico.

A questa raffinatezza di godimenti casalinghi non era ancora arrivata la bella bionda miss Dy, che da tre mesi viaggiava l'Europa in compagnia di sua madre e di miss Tennis sua istitutrice. Giovine e vivace, miss Dy non approvava il contegno irrigido di molto sue compatriote, che fanno consistere la superiorità dello spirito nel non aver viscere di curiosità o di tenerezza per nulla al mondo, come se sapessero già tutto a memoria. Al contrario miss Dy (abbreviatura di Diana), come la dea di cui portava il nome, amava correre sui prati, gridare sullo cime, esaltarsi all'italiana davanti a un bel punto di vista, suscitando i più vivi scandali in miss Tennis, che trovava tutto ciò molto *shocking*. "Una vera signorina inglese—soleva dire la vecchia istitutrice—quando muore ed entra in paradiso, si mette a sedere al suo posto, non si meraviglia di quel che vede e aspetta contegnosa e indifferente che finisca l'eternità." Miss Dy non sapeva rassegnarsi a questo sistema colle stecche e usando della forza del suo carattere, riusciva spesso a trascinare la povera maestra fin sulla soglia della sconvenienza e dello *snobismo*, ridendo in cuor suo un po' crudelmente degli spaventati *shocking*, con cui la rigida creatura cercava di esorcizzare se stessa e l'allieva.

Un giorno, più disobbediente del solito, col protesto di cercare degli *Edelweiss*, la biricchina cominciò a scalare la rovinosa morena del ghiacciaio, sorda ai rimproveri della istitutrice, che non voleva assolutamente seguirla. Sebbene non ci sian pericoli gravi, e all'orlo del ghiacciaio si vada quasi di piano, tuttavia il camminare tra i massi granitici, le erosioni e i detriti non è come andare al corso. Miss Tennis, sfiatata, colle gambe rotte, dopo un po' si posò a sedere, mentre la fanciulla arrestavasi, presa e imprigionata tra enormi blocchi ammassellati in uno spaventevole disordine, come la rovina d'un immenso castello ciclopico. Il luogo era bello, sublime, ma da quella sorta di buca non si poteva uscire se non scalando coi piedi e colle mani tre o quattro macigni duri, ostinati, che parevan messi lì a cozzar l'un contro l'altro. Provò due o tre volte, ma non si arrischiò; finalmente, aiutandosi colle delicate unghiette, poté mettere un piede di qua, l'altro di là, tentare un saltuccio... ma il piedino scivolò in una fratta e vi restò impigliato come dentro una tagliola. Nel cadere confregò il ginocchio lungo le scabrosità del sasso e sentì quel che costa il disobbedire. Il dolore le cavò un grido; al grido rispose un altro grido. La fanciulla non era in grado di muoversi e Miss Tennis ancor meno di lei. E non c'era anima viva... Mio Dio, che fare? Gridare ora l'unico rimedio. E il gridare di quelle due colombe fu tale, che ben presto si vide sbucar della gente (ce n'è sempre nei dintorni, che va o torna colle guide). Un signore, vista la povera signorina impotente a muoversi, superò con prestezza alcuni scaglioni, giunse fino a lei, la prese rispettosamente per le braccia, sotto le braccia.... (eh, ci vuol pazienza in certi casi) la trasse fuori dalla trappola: la fece sedere, lo spruzzò il viso d'un licor forte che aveva con sè, e parlando italiano, la compassionò, la confortò e usò verso di lei quello cortesie, che ogni animo pietoso sa trovare in questi momenti.

Miss Dy, stringendo nelle mani il suo povero ginocchio, ringraziò anche lei in un italiano duretto, come una penna d'acciaio, ma raddolcito dalla voce e dallo sguardo pieno di riconoscenza; e poichéil male si riduceva a una scalfitura, pregò il suo bravo salvatore d'aiutarla a discendere fino al luogo, dove miss Tennis più morta che viva raccomandava gli spiriti alla boccetta della canfora.

Quando l'istitutrice fu certa che non c'era nessuna gamba rotta, ringraziò in un suo francese sconnesso lo sconosciuto signore, sforzandosi di fargli capire che ora sarebbe stato molto *convenable* che andasse a raggiungere i suoi compagni di viaggio; ma il bravo uomo non capiva il francese; e l'inglese ancor meno. Credendo di essere gradito, offrì di accompagnare la signorina fino alla Latteria, dove avevano lasciata la carrozza. Il moto e il discorrere in una lingua non sua fecero dimenticare a Miss Dy il dolore del suo povero ginocchio.

—Siete italiano?

—Sì, damigella.

—Toscano?

—Milanese.

—Amo molto io gli italiani. Siete pittore?

—Musicista, damigella,

—Oh, adoro la musica!

—È il linguaggio degli angioli,—esclamò lo sconosciuto, con una nota tenuta, come si dice nel gergo del mestiere. E su queste frasi, giunti alla Latteria, sedettero ad aspettare la povera miss Tennis, che tremando ancora in tutto il corpo, stentava a levar le gambe dalle ultime asprezze del sentiero.

Si ripassò tutto il repertorio classico e romantico, Beethoven, Chopin, Berlioz, Wagner e la musica italiana, che miss Dy amava sopra ogni altra.

—Se le signore sono alloggiate al Kursaal, avremo occasione di rivederci—disse finalmente l'italiano, offrendo il suo biglietto di visita sul quale miss Dy lesse: *Napoleone Barbetta, professore d'orchestra nel Regio Teatro della Scala.*

—Lei pure è dell'orchestra che deve dare concerti all'Hotel?

—*Vous aussi...?*

—Sì, *yes,* per compiacerle,—rispose Napoleone Barbetta, arrossendo come un ragazzo.

—Bravo, applaudiremo di cuore... con gratitudine...,—soggiunse la bionda e cara fanciulla, stendendogli la mano con franchezza inglese e stringendo quella del suo salvatore con un moto del braccio che pareva dire;

—A rivederci, caro,

Cinque minuti dopo, la carrozzella partì, lasciando lord From quasi estatico.

* *

Lord From era il soprannome che i compagni d'orchestra davano a Napoleone Barbetta, primo contrabbasso di sinistra; e glielo appioppavano non solamente per un non so che di roseo e di biondeggiante, che lo faceia somigliare a un aristocratico inglese, ma anche, e più, per un certo sussiego di carattere e per un'aria grave di diplomatico, per un tono quasi sdegnoso ch'egli aveva per ogni cosa che non fosse all'altezza de' suoi meriti. Ritto, composto, un po' calvo, elegante e *irreprochable* nelle sue camicie di porcellana e nelle sue cravatte, lord From, nella sua austera semplicità, aveva una grandissima fede nel suo fascino sulle belle signore; e s'illudeva al punto d'innamorarsene sul serio e d'ammalarsi, quando alle dolci illusioni succedevano gli amari disinganni.

Appoggiato colla schiena alla cancellata dell'orchestra dominava dal suo posto la scena, la platea e tre quarti dei palchetti, dove brillano gli astri più luminosi della bellezza milanese, e di qua durante le battute d'aspetto, i suoi grandi occhi azzurri e sentimentali giravano come due cannocchiali. Puntiglioso o suscettivo come ogni vero artista, viveva nel consorzio non sempre elevato de' suoi compagni d'arte un po' in disparte, per paura che le gente ordinaria non entrasse a parte de' suoi riservati pensieri, non accorgendosi che nulla è più ridicolo a questo mondo quanto un uomo che non ride mai. Ma i compagni ridevano anche la parte sua, e il nome di lord From, trovato in un momento di buon umore dal celebre violinista Bernardini, parve a tutti così fatto al suo dorso, che ormai non lo chiamavano in nessun'altra maniera.

—Questa volta lord From naviga nelle acque inglesi,—-disse il primo clarinetto.

—Volete credere ch'egli s'illude di saper parlare inglese? *mi ti liebig pik nik jes... oh, jes!*—Soggiunse ridendo il Bernardini, un piccoletto brutto, con una zazzera da can barbino.

—È capace di dare a intendere alla bionda ch'egli è un ambasciatore russo in viaggio...

—State attenti che s'innamora anche questa volta...

Non eran, così dicendo, molto lontani dal vero. Miss Dy era una ragazza da innamorare anche un contrabbasso, con quel suo fare espansivo, un po' *bohême*, con quegli occhi intelligenti e buoni; e poi, non doveva al gentile italiano un tributo di sincera gratitudine?

Nei tre o quattro giorni che precedettero il concerto, essa presentò il signor Barbetta a sua madre, che si mostrò molto riconoscente anche lei, per quanto egli poté capire dal bisbiglio sibilante della vecchia e veneranda matrona. Lord From imparò a stringere anche lui la mano alla moda inglese e a dire *Good by, adieu, for ever.* Nelle ore che gli lasciavano libere le prove, andava a collocarsi sulla strada per cui la bionda e ideale creatura passava, quando recavasi coll'album a disegnare sulla piattaforma del castello. Si accompagnava un tratto a lei, arrestavasi a discorrere con lei, cogli occhi incantati sulla testolina fina e aristocratica di miss Lutzon (s'era fatto dire il nome dal cuoco dell'albergo) e tornavano qualche volta insieme per *lapromenade des artistes*, passando dalla chiesa cattolica, fino alla sorgente.... La musica era generalmente il discorso favorito. Miss Lutzon confessò di preferire tra tutte le opere del repertorio italiano la *Favorita* del Donizetti, di cui sapeva gorgheggiare (non troppo bene) qualche motivo.... Insomma la faccia di Lord From divenne così seria, che i compagni giurarono di divertirsi un poco alle sue spalle; e il tiro questa volta riuscì per caso più terribile delle altre volte.

Barbetta non alloggiava al *grand Hotel*, dove non vanno che gl'inglesi veri, ma teneva una stanzuccia ammobigliata al più modesto albergo Lunghin, alquanto in disparte e segregato, in compagnia di due suoi compagni meno rumorosi degli altri. Con uno di questi, il primo corno inglese, si lasciò andare a qualche confidenza una sera mentre passeggiavano lungo la bella strada del lago. Tanto bastò perché il Bernardini concertasse uno scherzo, che doveva riuscire funesto al povero innamorato.

Mentre tutti dormivano al Kursaal, tra l'una e le due di notte, con un bianchissimo chiaro di luna, il piccolo diavolo andò a mettersi sotto la finestra di miss Dy, nell'ombra dell'edificio, e cavando dal suo venerabile Stradivari i suoni più teneri e parlanti, eseguì, come non sa

eseguire che un Bernardini, la Romanza "*Spirito gentil*" della *Favorita*.
Non era un violino, no: era la voce d'un angelo o d'uno spirito dolente e vagolante per la luminosa solitudine della notte. Quella voce
non dovea parlare inutilmente al cuore d'una giovinetta entusiasta;
ed ecco infatti aprirsi una finestra del secondo piano, comparire un
non so che di bianco e un mazzetto di fiori cadere ai piedi del delicato ammiratore.

Miss Tennis dormiva il sonno della sua vecchia innocenza, Lord
From non si accorse di nulla.

Dormiva anche lui.

* * *

Venne il giorno del primo concerto. Grande come sempre fu il
concorso dei viaggiatori e dei toristi a questa festa dell'arte, che
raccoglie ogni anno i migliori elementi della Scala e del Regio di
Torino. Il programma era ricco e svariato, per tutti i gusti, come
un *menu* di *table d'hôte*. C'era del Weber, del Verdi, del Wagner e per
fino del Mascagni di contrabbando. (Maloia è a trenta chilometri dal
confine italiano). Miss Dy fece il suo ingresso trionfale nel salone del
teatro in un vestito tutto bianco, sul quale l'oro de' capelli spiccava
mirabilmente: non era una donna, ma una visione, secondo ebbe a
dichiarare lo stesso Bernardini, un matto che a tutti gli astratti pre-
feriva un arrosto annegato. Nel mettersi al suo posto la giovine cercò
collo sguardo il suo salvatore, che stava confuso cogli altri sul palco,
estatico, coll'archetto in mano, sul quale faceva scorrere della polvere di pece, e gli sorrise graziosamente.

Questo sorriso voleva dire;—Grazie della gentile serenata; voi avete
parlato col cuore nella voce del vostro magico strumento....—Lord
From non seppe interpretare il senso di questo delizioso ed eloquen-
te sorriso, ma rimase lì in piedi, astratto, confuso al punto, che non
sentì il primo tac-tac del direttore.

Tutti si mettono a posto: si fa un gran silenzio.

Barbetta, attaccato al collo del suo contrabbasso, ha la fortuna di
non volgere le spalle alla platea e di potere, tra un *from* e l'altro,
attingere l'ispirazione a quel volto divino. S'incomincia con un notturno di Chopin a soli archi, nel quale egli ha poca parte, tranne un
sommesso accompagnamento; ma Bernardini è insuperabile, elet-

trizzante, un mago incantatore, non un suonatore di violino. All'ultima volata scoppia un applauso universale, in cui si sentono rumoreggiare le grosse mani dei compatrioti di Beethoven; applaudirebbe anche miss Tennis, se ciò fosse *propre*. Ma applaude per lei miss Dy, sul volto della quale erra e si confonde una strana impressione di sorpresa, mista a una curiosità non soddisfatta e ad un senso quasi di rincrescimento.

Essa ha riconosciuta la voce parlante del vecchio Stradivari; oh, non è possibile che ce ne siano due al mondo di quelle voci....

Lord From, per natura invidioso, cerca inutilmente di attrarre gli occhi della bella straniera e ne soffre, se ne rode, si morde il labbro. Ma non c'è tempo di far dei romanzi. Il direttore batte di nuovo la bacchetta sul leggio, fa un segno speciale al contrabbasso di sinistra, che non smette dal voltare pagine di musica, e.... tac-tac si affronta una indemoniata sinfonia di Berlioz, nella quale tutti hanno da sudare un paio di camicie, specialmente il contrabbasso, che nell'orchestrina limitata, deve sostenere quasi tutto il motivo dominante. Non senza un po' d'emozione lord From si attaccò questa volta al fidato compagno della sua vita, al segreto confidente de' suoi misteriosi pensieri. La prima parte va piana.

Ogni quattro battute il contrabbasso entra regolarmente con *from* grave, solenne come la parola di un giudice. Poi il tempo stringe; e il *from* scatta ogni tre battute più secco, più nervoso: finché par che diventi irascibile.... Entriamo nel fitto della tempesta sinfonica. Pare che Berlioz voglia descrivere lo scatenarsi degli elementi: squillano gli ottoni raucamente, e il contrabbasso deve segnare delle ripide scale decrescenti, oscure come quelle dell'inferno. L'occhio alla musica, la sinistra alle chiavi o alle corde, la destra alla pancia dello strumento, ecco comincia il rinforzato; le scale si fan sempre più lunghe, più buie, più cromatiche e obbligano Napoleone Barbetta a scendere in cantina a prendere una nota grossa e pesante per riportarla su su, assottigliandola, fino alle chiavi. E nello sforzo, nella tensione, la faccia è pallida, la fronte è bagnata di sudore, l'occhio esce dall'orbita e le falde dell'abito nero svolazzano di dietro e gli danno l'aspetto d'uno scarabeo che tenti di volare. Finalmente, dopo il finale scatenamento, il direttore, volgendosi direttamente a lui coll'archetto appuntato come una spada, lo sostiene nell'ultima stretta.

E lui con tutta la forza de' suoi trent'anni si butta sulle corde di mezzo e corre disperatamente in uno affrettato infernale, fino all'ultimo *from*. Il pezzo bizzarro non piace. Miss Dy ride dietro il ventaglio e fa fare a miss Tennis un bocchino di clarinetto....

Lord From da rosso infiammato diventa bianco come lo sparato della sua camicia. Invano egli invoca uno sguardo di lode, o almeno di compatimento: gli par di capire la ragione di questo improvviso mutamento. Forse istintivamente l'aveva prevista fin da principio, quando aveva evitato, parlando con lei, di dirle tutta la verità... Un suonatore di contrabbasso non può essere ideale. Non importa ch'egli sia giovine, bello, elegante gentiluomo, colto, educato: non ch'egli abbia esposta la vita per la patria; nè che abbia salvata quella di una creatura umana... Che, che! il contrabbasso è la prosa; la poesia è di là... sulle corde del violino. Ah donne, donne, tutte eguali! Le donne non vi stimeranno e non vi ameranno per le vostre qualità e per le vostre virtù, ma per la corda che voi saprete toccare.

Questi furono gli irritati pensieri che passarono nella testa dell'infelice e che vennero a mescolarsi alle note e agli applausi per tutto il tempo che durò il concerto. Il quale si chiuse con un nuovo trionfo di Bernardini. Tutti salutarono il valente artista gridando bravo, applaudendo, agitando i fazzoletti. Anche lei applaudiva colle sue piccole mani inguantate: quindi uscì senza nemmeno degnare d'uno sguardo colui che l'aveva scampata da un mortale pericolo e che, ritto sulla soglia della gran porta d'ingresso, pareva messo là a supplicare una limosina di compatimento.

* * *

Lord From non chiuse occhio tutta la notte.—Questa volta il colpo ora stato più forte del suo orgoglio, Egli sentì che non avrebbe avuto più il coraggio di ricomparire sul palco in compagnia del suo sventurato strumento per farsi compatire e canzonare dalla ingrata creatura. Gli pareva che le voci dei violini avessero a ridere di lui.

Il secondo concerto doveva aver luogo tre giorni dopo, ma lord From non si lasciò vedere alle prove. Mandò a dire che si sentiva poco bene, stette chiuso in camera, e dopo un'altra notte non dormita, il suo pensiero era fatto.

Ordinò che gli si portasse nella stanza il contrabbasso, che di solito rimaneva nella sala dei concerti e quasi gli ripugnasse la vista, lo coprì della sua veste di panno verde, allacciata con bottoni e nastri rossi, che davano all'istrumento l'aspetto d'un grasso servitore in livrea. L'appoggiò al muro e gli voltò le spalle con un grugnito che voleva dire:—Sta lì, maledetto....—e uscì a passeggiare solo per la deserta stradicciuola del Lunghin.

Quel giorno non pranzò, non parlò con nessuno, finché non calarono le tenebre a velare i dolori e i rancori del mondo. E quando fu buio del tutto, tolse sulle spalle il contrabbasso, e appoggiato a un bastone di montagna, prese una stradina a man destra, svoltò in un'altra e si avviò per quella che costeggia il taglietto di Silz, deserta in quell'ora come ogni altro viottolo del monte.

Da lontano torreggiava nell'ombra la mole massiccia del Kursaal, che guardava nelle tenebre coi cento occhi delle sue finestre illuminate.

L'acqua aveva dei bagliori lividi. Grosse nuvole velavano la cima dei monti circostanti.

Lord From camminò quasi un'ora alla volta di Silz, finché giunse in un punto ove il lago, restringendosi, s'incanala in un fiumiciattolo. Di qui, passando sotto un ponte di legno, l'acqua scorre più rapida verso gli altri laghetti di Silvaplana e di S. Moritz.

Il luogo era deserto e la notte chiusa.

Stette un istante sul ponte a guardare l'acqua corrente, girò lo sguardo intorno, e quando fu ben sicuro di non essere veduto, attaccata una grossa pietra al collo del contrabbasso, con un battito violento di cuore, lo lasciò scivolare nell'acqua fredda e nera.

La cassa dette un piccolo tonfo sonoro, poi venne a galleggiare a fior d'acqua, come se invocasse misericordia; ma il crudele padrone ve la rituffò colla punta ferrata dell'*alpenstok* e la spinse egli stesso verso il fondo. Un rantolo come di morte gli disse che l'acqua entrava nelle viscere dell'affogato che, gorgogliando, sparì.

Lord From si passò il palmo della mano sugli occhi e voltando le spalle al Maloja e a' suoi abitanti, giunse sul far del mattino a S. Moritz. Di qui per il Bernina scese in Italia, lasciando negli impicci il direttore d'orchestra che, non potendo far senza di un contrabbasso, (e questa era la vendetta) dovette sospendere i concerti fino a nuovo avviso.

Lord From non si è più riveduto a Milano; e v'è chi assicura che, rifugiatosi a Trieste, vi abbia aperta una bottega di formaggio parmigiano e di Gorgonzola.

Qualche anno dopo, alle cascate del laghetto di S. Moritz veniva ripescato un cadavere vestito di verde con bottoni rossi, non ancora corrotto, quantunque, preso e conficcato tra gli sterpi e le rupi, fosse rimasto tutto il tempo in molle.

Accorsa l'autorità cantonale, si verificò che l'annegato non era un uomo, ma un contrabbasso colle corde spezzate. Nel ventre gli trovarono un piccolo guanto di donna.

Il giornalista locale nel registrare in cronaca lo strano e curioso avvenimento, finiva il suo cenno con una frase, che a quei buoni svizzeri dell'Engadina parve nuova.—Sembra—conchiudeva—che anche questa volta sia il caso di esclamare: *"Cherchez la femme!"*

* * *

PARLATENE ALLA ZIA (DIALOGO)

Nicolò è un giovanotto maturo, che ha già fatto le sue campagne. Gran buon diavolo nel fondo. Siamo in campagna nella villa d'Incirano. Nicolò in cappello di paglia e in abito grigio chiaro, entra dal giardino e dice a qualcuno che non si vede: Grazie, aspetterò.—Dà un'occhiata intorno, si passa una mano nei capelli e con un breve sospiro d'affanno, dice:

Eccomi qua. Il cuore mi batte come se volesse scoppiare. Ho paura di aver già fatto un passo falso. Basta! sono ancora in tempo a pentirmi e se sarà il caso, infilerò l'uscio.

(*Si abbandona, su un divano*). Sicuro, Nicolò: se non concludi qualche cosa quest'oggi, tu morirai nel tuo letto in odore di verginità. No, no: è tempo che tu la pigli questa moglie benedetta! Vedi? (*va a guardarsi in uno specchio*). Tu sei arrivato a quell'età in cui, se il frutto non si coglie, casca in terra a marcire. Non sei un brutto mostro: che, che? (*carezzandosi i baffi*). Puoi passare ancora per un giovinetto in gambe, ma.... qua e là comincia a spuntare qualche capello meno nero degli altri. Certe mattine hai la ciera d'un uomo che ha dormito male (*parlando alla sua immagine*). Sicuro, signor Nicolò: quel vivere di qua, di là, sulle trattorie, sui caffè, sui *clubs*, in compagnia di scapoloni pari suoi non è più una vita fatta per lei... Lei digerisce male, lei dorme male, diventa sempre più brontolone, bisbetico, incontentabile e a lungo andare finirà col fare uno sproposito. Chi non si marita a tempo, sposa la morte prima del tempo; tranne il caso in cui si sposa la serva (*torna a sedere*).—Mia sorella Giacomina, che da un pezzo mi ha sul cuore, la settimana scorsa mi disse:—Nicolò, c'è una ragazza che va bene per te: anzi ce ne sono due: le sorelle Bellini, due care creaturine sui ventitré l'una, sui ventiquattro l'altra, non troppo giovani o nemmeno troppo stagionate, un po' disgraziate nella famiglia, ma buone, belle, con qualche po' di sostanza. Tu non hai che a scegliere. Esse vivono a Incirano con una zia che fa loro da madre, perché le poverine hanno perduto i parenti e non hanno si può dire nessuno al mondo. Sotto questo aspetto tu fai quasi un'opera di carità. Va a mio nome, cerca della zia, mettiti nelle sue mani e lascia fare alla provvidenza.

Eccomi qui. Ora le vedrò e dovrò scegliere tra le due... (*vede sul tavolino alcuni ritratti in piccole cornici*). Forse questo è il loro ritratto. Carina questa col suo profilo greco, con quei' capelli pettinati alla Niobe. Forse questa è il ventitré.

Ma anche questo ventiquattro non c'è male. Forse questa è bionda, e questa è bruna. Chi mi consiglia? Il biondo è più romantico, più.... simbolico..... troppo Svezia e Norvegia. Il bruno è quasi sempre segno di un carattere ardente, geloso.... troppo Spagna e Portogallo. Che ti dice il cuore, Nicolò? ventitré o ventiquattro?.... (*pesa nelle mani i due ritratti*). Sentiremo il consiglio della zia, che nella sua esperienza saprà guidare un povero uomo sempre incerto nel cammino della vita. (*indicando un altro ritratto grande*) Certo questa vecchia cuffia è la zia dei buoni consigli. Lei conosce le due ragazze e saprà dirmi quale delle due ha più disposizioni al settimo sacramento. Per me capisco, che se dovessi scegliere, farei la fine dell'asino che, messo tra due fasci di fieno, si è lasciato morire di fame. Zitto, qualcun si avanza! (*si alza, fa una rapida toilette allo specchio*) Forse è la vecchia zia. Animo, su, coraggio. Sei stato a Custoza, corpo d'una baionetta, e devi aver paura d'una vecchia cuffia?

Teresita, una vedovella ancor giovane, simpatica vestita con finissima semplicità e con molto buon gusto. Fa un inchino a Nicolò, che resta un istante imbarazzato.

Teresita. Signore....

Nicolò. Signora....

Teresita. Lei ha bisogno di parlarmi.

Nicolò. Sissignora... cioè.... veramente mia sorella Giacomina mi ha detto di chiedere della zia delle signorine, la vecchia zia, sissignora...

Teresita. Sono io la zia delle signorine....

Nicolò. (*sorpreso*) Ah, lei fa da madre alle due orfanelle.... (*avvicinandosi riconosce un'antica amicizia*) Oh, ma scusi, noi ci conosciamo. Ah, chi l'avrebbe detto dopo tanti anni? Lei, lei è la signora Teresita...

Teresita. (*fingendo di cader dalle nuvole*) E lei è il signor Nicolò... Guarda che combinazione! ma si è fatto così grasso....

Nicolò (*ridendo con un po' di confusione*) Credevo che volesse dire: così vecchio!

Teresita. (*amabile*) Si è viaggiato insieme sulla strada della vita. Guarda che combinazione!

Nicolò. Guarda che combinazione! (*Segue un brevissimo imbarazzo d'ambo le parti*) Io credevo che la zia fosse una signora in età, colla cuffia.

Teresita. La cuffia verrà... è in viaggio. Ma prego si accomodi, signor Nicolò.... (*indica la sedia e siede lei per la prima*).

Nicolò. (*ripetendo materialmente*) Guarda che combinazione... (*prende la sedia, vi si appoggia, ma non si siede*) Ma da quanto tempo non ci vediamo più?

Teresita. Oh è un gran pezzo! A che cosa devo attribuire l'onore della sua visita?

Nicolò. (*giocando colla sedia che fa girare sotto la mano*) Mia sorella Giacomina mi ha detto: Va a Incirano, cerca della zia delle sorelle Bellini ed esponi il tuo caso.

Teresita. E qual'è il suo caso?

Nicolò. Il mio è un caso, dirò così, di coscienza: ma ora non so se devo parlarne.

Teresita. Perché non deve parlarne?

Nicolò. (*facendo girare più forte la sedia sotto la mano*) Perché.... io.... (*dà in una risata allegra*) perché io credevo che la zia fosse una cuffia....

Teresita. (*ride anch'essa mentre si abbandona nella poltrona*) Dunque è alla cuffia che lei desidera parlare.

Nicolò. No, stia buona, ora le dirò il mio caso. Ma è certo che, se avessi potuto immaginare di trovar qui lei al posto della.... cuffia... *(ride)* non sarei venuto.

Teresita. (Un po' offesa) Non merito dunque la sua confidenza?

Nicolò. Lei merita tutto, ma il mio caso è di quelli che hanno bisogno di molta indulgenza.

Teresita. Ma sieda....

Nicolò. (Mettendosi a sedere sull'angolo della sedia) Intanto mi dica: come si trova qui a far da madre a queste due bambine?

Teresita. Una serie di dolorose circostanze... Oh sapesse quante disgrazie! Morti i parenti di queste due povere figliuole ho pensato ch'io potevo essere utile in questa casa.

Nicolò. (Esitando) Ma scusi. Lei non aveva sposato quel marchese?

Teresita. (Molto riservata) Si.

Nicolò. (c. s.) E... suo marito?

Teresita. È morto.

Nicolò. (Con una certa sorpresa) Ah! è morto anche lui....

Teresita. In duello a Parigi.

Nicolò. In duello a Parigi... Guarda, guarda.

Teresita. (Dopo un breve pensiero) Ma non parliamo dei morti. Quel che è passato, è passato.

Nicolò. (Astratto in una sua idea) O bello, o bello....

Teresita. Che cosa?

Nicolò. (si corregge, si fa serio, si alza) Mi rincresce di aver risvegliato delle dolorose memorie. Mi scusi.... *(in atto di congedarsi)* mi perdoni...

Teresita. (Restando seduta) Ma che cosa fa? lei non mi ha ancora detto lo scopo della sua visita.

Nicolò. È vero, ma io non so nemmeno se la mia visita abbia uno scopo. Giacomina doveva avvertirmi di queste circostanze.

Teresita. (Con tono quasi materno) Bene, si accomodi. Giacomina mi ha scritto tutto. Lei è venuto a Incirano per uno scopo molto lodevole e molto onesto. Vuol prender moglie.

Nicolò. (Affettando una certa sicurezza) Sì, voglio prender moglie.

Teresita. (Ridendo con gaiezza simpatica) O bello, o bello....

Nicolò. (Un po' mortificato) Che cosa c'è di bello?

Teresita. Bello che il signor Nicolò voglia finalmente prender moglie *(ride)*.

Nicolò. (serio) Non rida o mi scoraggia.

Teresita. Ci ha pensato un pezzo il signor Nicolò.

Nicolò. (In tono di rimprovero) E di chi la colpa?

Teresita. Di chi?

Nicolò. Ah Teresita! non si dovrebbero ricordare certe cose... *(picchia nervosamente il bastoncino sul cappello)*.

Teresita. (Gravemente) Proprio!

Nicolò. E tanto meno si dovrebbe ridere.

Teresita. (Sospirando) Si ride quando si è finito di piangere.

Nicolò. (con una punta d'ironia) Beata lei che ha finito! Le donne son così facili a dimenticare...

Teresita. Si dimentica... per non odiare.

Nicolò. Io non ho meritato il suo odio. *(Con un leggero tono di sarcasmo)* A ogni modo la donna che sposava il marchese di San Luca deve aver trovato nel fasto del suo blasone qualche conforto a' suoi dolori.

Teresita. (Offesa) Nicolò, non dite queste parole che offendono una donna che fu già troppo infelice nella sua vita. Voi sapete come sono andate le cose. Il mio matrimonio fu per me una di quelle necessità che solo il cuore d'una donna sa comprendere e sa compatire. Voi sapete che mio padre era un uomo rovinato, che sulla nostra casa stava il disonore e il fallimento, che soltanto un matrimonio di convenienza poteva salvare una vecchia esistenza dalla disperazione. Allora voi eravate un giovine ufficiale senza fortuna, nell'impossibilità di mettere una casa. Poi venne la guerra e voi partiste per il campo...

Nicolò. (Con amarezza) E quando tornai dai pericoli della guerra, seppi che Teresita Morando era diventata la marchesa di San Luca.

Teresita. (Con un moto di ribellione) Già, e non pensaste nemmeno ch'io avessi potuto fare quel passo per un sentimento di abnegazione e di dovere. Voi pensaste solamente e semplicemente che Teresita Morando, ragazza vana, leggera, smaniosa di brillare, inebriata all'idea di portare una corona sul suo biglietto di visita, avesse dimenticato volentieri il povero tenente per darsi nelle braccia di un vecchio nobile... sciupato dai piaceri. Questo solo voi avete pensato: e non sareste stato un uomo se aveste pensato altrimenti. L'egoista non è obbligato a compatire e meno a comprendere... e tanto meno a perdonare.

Nicolò. (*Si alza, resta un istante come combattuto, e mormora*) Se sapeste invece quanto ha sofferto questo egoista!

Teresita. (*Alzandosi anch'essa*) E quest'ambiziosa oh! non ha forse sofferto! no. Rapita dai bagliori de' suoi diamanti questa vittima incoronata non ha versata mai una lacrima... Nei tre anni del suo matrimonio con quell'infelice *boulevardier* essa passò di trionfo in trionfo.... invidiata da tutto le miserabili che non hanno una corona sulla carrozza,... e un supplizio nel cuore. (*Abbandonandosi, alla sua passione*) Voi non vi siete più occupato di me; ma per qualche motivo avete stentato a riconoscermi. Voi avete trovato facilmente dei dolci compensi... (*arrestata improvvisamente da una specie di rimorso, cangia tono, e con affettata naturalezza ripiglia*) Ma di che cosa si parla? oh buon Dio! Questo non è lo scopo della vostra visita. A che pro D seppellire cose morte e finite? Sediamo; animo, sedetevi... Veniamo all'argomento, (*come smarrita*) Giacomina mi ha scritto... Che cosa mi ha scritto la buona amica? che voi volete accasarvi, che è tempo anche per voi di mettere giudizio. È giusto. Sa che le povere mie nipoti son buone e brave ragazze e anch'io sarei contenta di vederle collocate. Ma sedetevi dunque, parlate.

Nicolò, (*con espressione patetica*) No, no, non ho più nulla a dire. Scusate, Teresita, io non son più degno di accostarmi a una donna... (*si ritira qualche passo per andar via*).

Teresita. Non andate in collera per quello che vi ho detto. Vi domando scusa se vi ho offeso. Sedetevi, ragioniamo. Accettate almeno un bicchierino di vermouth.... (_toglie da uno stipo una bottiglia di cristallo e offre un bicchierino a Nicolò).

Nicolò. (*Sforzandosi a rifiutare*) No, no, lasciatemi andare. Non merito più nulla. La mia vita è finita da un pezzo.

Teresita. Devo proprio mettermi una vecchia cuffia in testa per persuadervi a ragionare? (*Nicolò accetta il bicchierino*) Se vi ho offeso perdonatemi. Voi avete per errore messa una punta di ferro sopra una cicatrice e io ho gridato di dolore. Ma ora è passato. Qua... (*lo fa sedere e siede anche lei*) Posso aiutarvi, voglio consigliarvi, perché in fondo ho molta stima di voi.

Nicolò. Io invece non ho nessuna stima di me. Io ho sempre creduto che non valesse la pena di voler bene a una donna. Ho atrocemente sofferto, ma non per pietà della vittima inghirlandata. Ho sofferto solamente per il mio orgoglio ferito. Avete detto bene poco fa. Il mio nome è Egoista. Quando un uomo non è capace di comprendere, di compatire, di perdonare non merita più che una donna gli voglia bene... (*volta via la faccia alquanto commosso, tracanna d'un fiato il bicchierino, va a collocarlo sullo stipo, e si prepara a congedarsi.*)

Teresita. (*Si alza, un po' soprappensiero*) Permetta che le presenti almeno le bambine. Per quanto senza cuffia so esercitare i doveri dell'ospitalità.

Dal giardino risona un campanello.

Ecco, son le ragazze che tornano colla governante.

Nicolò (*cercando di sfuggire*) No, no, non voglio veder nessuno; non voglio lasciarmi vedere.

Teresita, Mettiamoci qui, dietro a questo paravento. Da qui possiamo vederle senza essere vedute.—(*Conduce Nicolò per mano fin presso la porta dietro un paravento e indica le ragazze che passano in giardino*). Guardi la prima, la bionda, ha ventidue anni, è un angiolino di bontà, piena di sentimento. Si chiama Eugenia. L'altra, la buona Annetta, è un carattere più serio, ha molto ingegno, conosce molto bene la musica...

Nicolò, stringendo la mano di Teresita, trascinato dalla forza dell'antica passione, posa un bacio sui capelli di lei e resta come fulminato dalla sua stessa audacia.

Teresita, sfuggendogli, dice con accento di profondo rimprovero, ma senza ira:—Che cosa fa, Nicolò.... (*va a sedersi e nasconde la faccia nelle mani*).

Nicolò, dopo essere rimasto un gran poco come trasognato, si accosta pianino a Teresita e con voce sommessa piena di note tenere e appassionate, dice, quasi curvo su di lei:)

Io non ho conosciuto che una donna nella mia vita e basta! la bionda, la bruna, la sentimentale e la donna assennata, tutte le bontà e tutte le bellezze di una creatura di donna son già passate nel mio cuore il giorno che vi siete passata voi, Teresita. Voi vi avete lasciato un modello così sublime, che, al confronto, tutte le altre mi sembrano immagini sbiadite. Chi ama bene una volta, ha amato per sempre.

Il destino non ha voluto che voi foste mia, e *amen!* È bene che io non guasti il mio ideale. Se Giacomina non mi avesse cacciato qui, io non sarei venuto mai a questa ricerca di commesso viaggiatore. È peccato sciupare l'amore vivo con degli amori artificiali; non barattiamo l'oro nella carta... Addio.

Teresita. (Non contenta) Che dovrò scrivere dunque a Giacomina? che abbiamo fatto fiasco?

Nicolò. Le scriverò io, se permettete. Siccome non tornerò a casa sua prima della fin del mese e forse più tardi, è bene che le mandi due righe. Se mi favorite carta e penna.

Teresita. (Preparando le cose su un altro tavolino) Intendete viaggiare?

Nicolò. (Siede al tavolino a prende la penna) Sì, ho bisogno di cambiar aria. Son mezzo malato, mi sento vecchio e malinconico. Andrò a Parigi anch'io in cerca di distrazione, *(scrive) Cara Giacomina....*

Teresita. (Seduta in disparte ha preso in mano un lavoruccio) Parigi non è una città troppo indicata per della gente ammalata. Voi avete bisogno d'una buona infermiera.

Nicolò. Cara Giacomina.... Aiutatemi a scrivere questa lettera....

Teresita (con energia, dopo aver buttato via il lavoro). Sì, scrivete sotto dettatura:—Cara Giacomina, siccome io sono.... un uomo di poca fede...

Nicolò. (Scrive sotto dettatura: qui s'interrompe).

Teresita. (Comandando) Scrivete, animo! "Son destinato a soffrir sempre per non concludere mai nulla." Avete scritto? *(si alza e passeggia un po' nervosa).*

Nicolò. (Scrive) Mai nulla.... Ho scritto.

Teresita. Punto e a capo. "Io non credo nella virtù della donna...

Nicolò. Scusate...

Teresita. (Lasciandosi sempre più trasportare dalla passione) No, no. Dovete scrivere la vostra condanna. "Non credo... che una donna... possa aver conservato puro il suo ideale... mentre... *(parlando direttamente a Nicolò si lascia cadere la penna)* mentre intorno a lei si commerciavano gli affetti e si commettevano le più ignobili vigliaccherie. Non credo che una donna possa sopravvivere al suo stesso dolore e alle sue umiliazioni: non credo che possa ancora conservare intatto il tesoro de' suoi affetti e possa compensare un uomo d'averla amata bene una volta...

Nicolò. (Afferra lo mani di Teresita, le porta alla bocca, inginocchiato davanti a lei) Dunque tu mi ami ancora?

Teresita. (Svegliandosi da una specie di sogno) Che fate? io non parlavo di me. Scrivete.

Nicolò. Donna di poca fede, perché ingannarci ancora?

Teresita. Io parlavo di queste povere ragazze orfane.

Nicolò. Esse hanno bisogno di un padre. Scrivete voi, detterò io... *(la fa sedere al suo posto).*

Teresita. (Resistendo) Nicolò, che cosa ho detto? io provo un rimorso... Voi non siete venuto per me.

Nicolò. Scrivete "Cara Giacomina....

Teresita (si sforza a scrivere).

Nicolò (detta) Ni... co... lò mi a... ma;—punto e virgola.—-Io a... mo Nicolo. Dunque t... o... to. E Teresita non dice di no. E la cara zietta, senza la cufietta, si lascerà finalmente baciare la bocca da un vecchio ragazzo che l'ama da dieci anni.

Teresita Odiandola...

Nicolò. Sì. L'amore perché resista al tempo bisogna come l'oro mescolarlo in una piccola lega d'odio o di gelosia. Sì, io ti ho odiata, ti odio... perché ti amo.

Teresita. Zitto, le ragazze.... *(si alza un po' spaurita e con voce supplichevole soggiunge)* E andrete proprio via?

Nicolò. Sicuro, bisogna che io corra ad avvertire Giacomina di queste novità. Ve la manderò qui.

Teresita. Qui no: ci son troppe ragazze. Andrò io da lei. Mio Dio! e che diranno queste povere figliuole? io che dovrei pensare al loro destino, e invece... Bella zia che sono! ma non sono invecchiata, Nicolò? *(Va a guardarsi nello specchio)* Non sono magra e distrutta dal dolore? Non merito proprio una cuffia? Che cosa dirà il mondo?

Nicolò. (Ridendo mentre passa il braccio nel braccio di lei) Il mondo dirà che amor vecchio non invecchia: e che il miglior modo per prender moglie è... di parlarne alla zia.

Questo dialogo fu due volte interpretato in famiglia con vera intelligenza d'artisti dalla signora Maria Nessi o dal Dott. Giuseppe De Capitani d'Arzago, ai quali m'ispirai nella correzione o nella riproduzione della scena.

—Tutte le mattine la salutavo con un bel trillo di flauto (allora il flauto era di moda): e tutte le sere, prima di levarmi le scarpe, le mandavo un altro saluto con una volatina di note, che volevan dire:—*Bona note, siora, Nina!*

—Lei, insomma, era innamorato della sua vicina.

—Come un angelo, ero innamorato. A vent'anni l'amore va tutto in fiore, o quando la sorte ti mette accanto a una bella donnina, il meno che si possa fare è di farle la corte col flauto.

—E il marito?

—Il marito d'una bella donnina è sempre un brutto mostro, un tiranno, uno scimmiotto, questo si sa. Nel caso mio, il sior Malgoni, imp. reg. impiegato alla contabilità, un omaccione linfatico e geloso, meritava qualche riguardo, prima perché in fondo voleva bene a sua moglie, e poi perché aveva delle amicizie in polizia e a quei tempi non c'era troppo a fidarsi. Parlo dei tempi dei tedeschi.

—Ho capito. Lei non andava più in là del flauto.

—Ero un matricolino sui vent'anni, un po' timido, come chi non è mai uscito dal suo guscio. Qualche volta mi arrischiavo di gridare dalla finestra:—*La se pèttena, siora Nina? vol piovere? vol far belo, siora Nina?*

—E la siora Nina?

—*Sì, sior Angolo, vol piovere, vol far bel tempo!...*

—Un'arcadia!

—E non mancavano i sonetti.

—Anche i sonetti?

—Sicuro; li stampavo sul *Trovatore*, un giornaletto teatrale di Padova, e glieli facevo pervenire con delle iniziali molto trasparenti. Seppi più tardi che la siora Nina non sapeva leggere più in là del suo libro da messa; ma le donne, quando amano, son come i gatti; ci vedono anche al buio. Suo marito se l'era tirata in casa ancor ragazzina, con una gonnella di cotone e un paio di zoccoli sui piedi; l'aveva mandata a scuola un po' di tempo dallo monache, e quando la servetta gli parve cresciuta abbastanza, se l'era sposata per avere una compagna fedele, il poveretto, più vecchio una ventina d'anni, pativa d'asma e di mal di cuore, ed è sempre prudenza aver qualcuno che ti assista in un bisogno e ti faccia compagnia la notte.

—Era bella?

—Bellissima no, ma un musettino gustoso di servetta friulana, con dei riccioli biondi che incorniciavano un bell'ovale colorito e sano. Gaia, spiritosa come tutte le nostre venete, la fortuna non l'aveva fatta salire in superbia. Nella sua ignoranza aveva un fascino naturale, non guasto dalle solite compassature del galateo sociale.

Gente in quella casa ce ne andava poca, tranne qualche provinciale, che capitava di tempo in tempo a trovar la Mina diventata *parona*.

L'unica persona di riguardo, che visitava con qualche frequenza l'imp. reg. impiegato della contabilità, era il dottor Franzon, un professore della facoltà medica, compatriota del Malgoni e suo medico curante. Franzon era già una mezza celebrità fin da quel tempo per le sue fortunate operazioni ostetriche, e la gran scienza faceva perdonare in lui il naso d'aquilotto e i modi di villan scozzonato o superbo, che gli avevano meritato il titolo di dottor *Grobiàn*.

L'onore e la scienza di tanto uomo si riverberavano sulla modesta casa Malgoni, specialmente dopo che Franzon era salito in auge alla Corte per una felice operazione, che aveva salvato alla monarchia uno dei trecentotrentatré arciduchini d'Austria. E poi fa sempre comodo d'aver un dottore amico, quando si soffre d'asma e di palpitazione di cuore.

La siora Nina era in una continua trepidazione davanti a un *omo de tanto riguardo*, molto più che Malgoni, indulgente su molte cose, diventava ancora il *paron* terribile, quando si trattava d'invitare a pranzo l'illustre Franzon. Guai se il manzo non era a giusta cottura! guai se il caffè non aveva quel tal profumo delicato! guai se Nina non faceva gl'inchini bene e non rispondeva a tono:—*Sior sì, sor dottor; sior no, sor professor....* "Un omo che aveva delle influenze a Corte, che, con poco rispetto parlando, aveva visto un'arciduchessa in camicia, un dottor di quella forza, un professoron come Franzon, che si degna *de magnar* la tua minestra, non è un caso che capita a tutti; oltre all'onore, poteva sempre far del bene a un imperiale e regio impiegato, onesto, religioso e di sani principii."

—Ho capito. La siora Nina non si divertiva troppo.

—Eh no, poverina! quando i due cravattoni cominciavano a parlar di politica, o a tirare in scena la Dieta e Metternich e a, parlare in *barlich* e *barloch* e in *flit* e *futter*, essa usciva volentieri col secchiello a prender l'acqua sul pianerottolo.

Era in quei momenti e durante quelle brevi scappate ch'io coglievo l'occasione per recitarle il mio sonettino, per dirle che le volevo bene, per baciarle la punta di un dito. Non più in là, s'intende.

Essa non era donna da dar confidenze agli studenti e io, povero matricolino, ero troppo ingenuo per far della concorrenza a Metternich.

La cosa andò avanti così un bel pezzo, tra un trillo di flauto, un sonetto e un secchiello d'acqua, quando Malgoni ammalò gravemente di quel suo battito di cuore e parve sul punto d'andarsene all'altro mondo.

Franzon si mise al letto dell'amico e gli usò una assistenza fraterna.

Quando non bastava il dì, rimaneva la notte accanto alla siora Nina che scaldava i brodi; e siccome ogni servizio merita compenso, e non c'è amicizia che in qualche modo non si faccia pagare, il bravo dottor e professor, forte dell'amicizia di Metternich e della sua prepotenza, credette d'onorare anche la moglie del suo vecchio amico.

La Nina, una povera servetta senza esperienza, colta di sorpresa, nella sua suggestione, nella sua paura, al buio, di notte, accanto al marito quasi morente, dominata dalla forza d'una passione brutale e poi spaventata dal sofisma del fallo compiuto, dopo essere stata vittima, si credette quasi complice del tradimento. E tacque e simulò.

Franzon poteva fare del bene a Malgoni; ma poteva anche fargli del male. La povera donna sprovveduta nella sua ingenua ignoranza d'ogni energia morale, credette, simulando, di evitare a suo marito un gran dolore. C'era da farlo morire di crepacuore quel pover'uomo, se gli avesse detto di qual refe era fatta l'amicizia di Franzon. E non si accorse che intanto l'uomo scaltro ed erudito la dominava colla sua stessa paura e l'aggiogava come una schiava al carro della sua colpa.

Quando tornai a Padova, dopo le vacanze, mi parve di leggere nel volto meno chiaro della bella, Nina come una nota misteriosa di dolore o di avvilimento. Essa mi fece capire che aveva qualche ragione segreta di vivi dispiaceri. Malgoni stava abbastanza bene e aveva ripigliato il suo ufficio, ma l'amico di casa s'era impadronito così bene del cuore del suo malato, che ormai il pover'uomo non vedeva che per gli occhi del dottore, non parlava che per la sua bocca.

Non ci vuole che un marito per non vedere: ma la gente cominciò a mormorare. Le donnette volevan quasi far credere che il dottore mirasse ad avvelenare Malgoni colla digitale o a corroderne la vita coi deprimenti. Questa calunnia, messa fuori colla solita sventatezza delle teste piccine, non fu senza conseguenza per una fantasia riscaldata come la mia; la malinconia, il pallore e le lacrime della povera siora Mina non erano per sè un terribile capo d'accusa?

Da quel dì cominciai a guardare in cagnesco il piccolo dottor Grobian, dal naso d'aquilotto, dalle spalle di facchino, che andava schiacciato sotto l'enorme tuba e infagottato nell'enorme cravattone di seta. E siccome ringhio suscita ringhio, anche Franzon imparò a conoscermi e a guardarmi in cagnesco tutte le volte che m'incontrava sul pianerottolo o nell'androne della casa. Anche lui aveva le sue spie e qualcuno doveva avergli parlato dei miei sonetti e de' miei trilli di flauto.

Si arrestava con sfacciataggine a squadrarmi, colle mani dietro la schiena, colle quali dimenava una grossa canna come una coda e con quegli occhi pesti pareva dirmi:—*Ocio*, matricolino, che so tutto e ti posso far legare.—Il *Trovatore* aveva dello velleità patriottiche, io era allora un bel giovinetto, con un bel pizzo di barba: e anche quel po' di barba poteva essere interpretata come un'idea sovversiva. Parlo dei tempi dei tedeschi.

Mosso tra un marito geloso e un ringhioso amico di casa, il meno che potessi fare era di usar prudenza, di rimettere il flauto nell'astuccio, di sacrificare qualche sonetto, di compatire da lontano a una povera donna caduta come un'agnella negli unghioni d'un orso buono e stupido e di un lupo furbo ed affamato.

E le cose sarebbero andate avanti un pezzo così, e sarebbero forsanche finite in qualche maniera colla pace o colla noia, se tutto ad un tratto l'illustre Franzon non fosse stato ufficiato ad assumere la direzione dell'Ospedale delle partorienti a Venezia, carica che portava il grado di medico di Corte e il titolo di cavalier della Corona di ferro. Bagatella!

Questa nomina che lusingava la sfrenata ambizione e l'avidità del bravo ginecologo, poteva essere per la siora Nina una vera liberazione.

Ma la poverina aveva fatto i conti senza il lupo. Franzon non era uomo da rinunciare troppo facilmente a una passione e a una comodità, neanche per l'onore della Corona di ferro. Scrisse da Venezia all'amico che c'era una bella combinazione, un posto vacante alla contabilità di quella delegazione, con qualche vantaggio di soldo, che lui poteva raccomandarlo a persone influenti: e poi tornò a scrivere che l'aria delle lagune più calma, più carica di sale, era fatta apposta per i mancamenti di respiro; non perdessero tempo, inoltrassero subito una domanda all'I. R. delegato: al resto pensava lui....

—Il lupo voleva avere la pecorella vicina...

—Precisamente così. La povera Nina che di quella maledizione ne aveva abbastanza, usò di tutta la sua influenza presso il marito perché non si movesse; gli dimostrò che a Padova stavan bene, che vi avevano amici e parenti, una bella casa, tutte le migliori comodità, mentre un trasloco è una tempesta, un danno, un fastidio infinito. Pregò tanto, carezzò tanto la barba grigia del suo Malgoni, che costui, pigro già la sua parte e nemico dei trambusti, finì col ringraziare l'amico lontano e disse di no.

Questa risposta non fece che aguzzare la voglia dell'illustre ginecologo e colla voglia il dispetto e la rabbia. Tornò a scrivere; ma vedendo che sprecava il suo inchiostro, e che Malgoni era deciso a non muoversi, cominciò a insinuare bel bello qualche sospetto nell'animo dell'amico. Gli fece capire che la Nina aveva qualche motivo di non abbandonare Padova, città allegra, piena di studenti e di capi scarichi, che fanno all'amore coi sonettini o coi trilli di flauto....

—Birbo!

—....Tre volte birbo! Il marito, facile a insospettirsi, aprì gli occhi, osservò, dissimulò, e può essere che cogliesse qualche segno a volo. Ma non volendo far scene per paura d'uno scandalo, una sera, detto fatto, annuncia alla Nina che aveva accettato il posto: si preparasse a sbarazzare la casa e a partire per Venezia....

La povera donna, che cominciava appena a respirare e a godere la sua libertà, còlta in un momento cattivo, dichiarò a Malgoni che lei a Venezia non sarebbe andata....

"Ah! tu non vuoi venire?...—Gridò con voce ironica il vecchio geloso: e siccome l'amico lontano in quei giorni aveva avuta la bontà d'inviargli tutta la raccolta de' miei sonetti innocenti, in cui il nome di *Nina* tornava spesso a rimare con *divina*, armato di quei documenti, si scagliò sulla povera donna e cominciò a batterla.

"So tutto, svergognata! so tutto, brutta traditora, senza cuore e senza carità. E tu fai all'amore, mentre hai il marito malato, quasi moribondo? e tu dimentichi così il bene che ti ho fatto, brutta servaccia?"

E siccome non cessava di picchiare con un pezzo di riga sulla spalla e sulla testa della povera donna, alle grida, ai pianti di costei, si risvegliò la casa, si aprì qualche finestra, comparvero dei lumi, e cominciarono gli uhè.... di sotto o di sopra.

La Nina che non capiva bene per colpa di chi la battesse il suo padrone, aveva cercato di scappare dall'uscio sul ballatoio; e fu allora che il vecchio esasperato, pensando forse che volesse fuggire di casa, le sbarrò il passo, l'afferrò pei capelli e la fece strillare come un'aquila.

Era troppo ormai anche per un matricolino. Corsi di sopra, piombai su quel disperato, che al mio comparire si fece livido; poi non so dire quel che sia avvenuto.

Pare che l'emozione fosse troppo forte per il vecchio malaticcio, o che una violenta stretta di cuore soffocasse insieme la bile, il sangue e la vita.

Cadde come un sacco slegato, lo circondarono, lo portarono sul letto, e nella notte stessa morì, con infinito spavento della povera Nina, che s'immaginava quasi d'averlo ammazzato.

Due giorni dopo questi fatti alcuni compagni corsero a casa mia ad avvertirmi che avevano arrestato Branchetti, il direttore del *Trovatore* e che la polizia era in cerca di me. Non era il caso di stare ad aspettarla.

Le guardie entrarono in casa mia o sequestrarono le carte, le robe, il flauto, Padova non era più aria buona per me: e per non aspettare di peggio, la notte stessa presi la strada del confine.

—Era anche questo un intrigo di Franzon?

—.... Colto nel segno! Coll'ingegno che natura gli ha dato egli aveva saputo dimostrare alla polizia centrale di Venezia che a Padova si congiurava contro l'ordine costituito e che un branco di giovinastri mazziniani nelle conventicole del *Trovatore* inneggiavano all'Italia sotto l'allegorico nome di Nina.

—Che talento! Non poteva vendicarsi con più spirito. E come finì?

—Finì che, morto Malgoni, e venuto al mondo, sei mesi dopo il funerale, un bel maschietto, la povera Nina trovò ancora della sua convenienza di andare a Venezia e d'acconciarsi in casa del suo nuovo padrone e tiranno; il quale qualche tempo dopo trovò della sua convenienza anche lui di sposare la vedova e tirarsi in casa quel po' di ben di Dio che Malgoni le aveva lasciato sul testamento. La siora Nina dev'essere morta qualche tempo prima che entrassero gli Italiani in Venezia.

—Bella storia! e Franzon?

—Franzon sano, robusto, vispo come un pesce, di trionfo in trionfo, oggi è diventato una mezza illustrazione della scienza europea. Si dice che alla prima infornata abbiano a farlo senatore.

—...È naturale! Non son più i tempi dei tedeschi.

* * *

1.º R. UFFICIO POSTALE DI CASTAGNAZZO.

> *N. di posizione* .... 3A *N. di protocollo generale* .. 34 *N. di partenza* 25

OGGETTO: TOPI

Castagnazzo, addì 5 aprile 1880.

Essendosi verificato in questo Uffizio postale il grave inconveniente di topi rosicchianti che provenendo dal vicin canale entrano a guastar carte, lettere, ed eziandio gl'indumenti; non bastando a scongiurare i danni le varie trappole e stiaccie distribuite con opportuna oculatezza dal locale distributore, non che le paste velenose disseminate all'uopo, son venuto nella determinazione di assumere due gatti, naturali nemici a siffatti animali, che rimanendo in Uffizio in ispezial modo nelle ore notturne, potranno colla loro presenza e vigilanza intimorire i dannosi rosicchianti. A tale intento mi rivolgo a codesta direzione provinciale, perché mi voglia ottenere un corrispettivo assegno sia per l'acquisto, come pel mantenimento dei due animali per tutto il tempo che non potrà essere riparato definitivamente il danno. Con osservanza

> *l'uff. dir.* PACCHIOTTI

> *All'Onor. direzione provinciale delle regie poste*

In Broccasecca

2.º R. UFFICIO POSTALE DI BROCCASECCA.

> *N. di posizione* .... 545B   *N. di Protocollo generale* .. 671   *N. di partenza* 844

> OGGETTO: TOPI e GATTI

Broccasecca, 20 aprile 1880.

L'Ufficio di Castagnazzo dipendente da questo circolo postale ci scrive con lettera del 5 andante mese come uno stormo di topi infesti danneggino le carte, le corrispondenze, non che gl'indumenti e i mobili di detto locale; onde si muove per mezzo nostro istanza a codesta Onorevole Direzione centrale affinché voglia provvedere con una pronta riparazione o quanto meno assegnare un'adeguata somma per l'acquisto e il mantenimento di due animali felini, resi necessari dall'urgenza e condizione delle cose.

Per il Reggente BALOSSI

All'Onorevole direzione Centrale delle Regie poste Milano

3.°DIREZIONE GENERALE DELLE REGIE POSTE DI MILANO

N. di posizione 567494   *N. di Protocollo generale* 278944CC   *N. di partenza* 27945

OGGETTO: GATTI E TOPI

Milano, 30 maggio 1880

Eccellenza,

Si è riscontrato nell'ufficio postale di Castagnazzo (Broccasecca) che le carte e le corrispondenze d'ufficio, non che vaglia e oggetti personali sono frequentemente danneggiati dai topi dell'attiguo canale. A rimuovere l'anzidetto inconveniente prego V.E. a voler ordinare un'ispezione di tecnici a detto locale e ad autorizzare intanto con equo assegno il dirigente ufficio ad acquistare e a mantenere due gatti comuni. Per il che credo possa bastare un assegno di L. 70 (settanta).

Con profondo ossequio.

Il direttore PASQUALIGO

   All'Eccell. Ministro delle R. Poste

Roma

4.°R. MINISTERO DELLE POSTE e dei r.r. TELEGRAFI

   N. di posizione.......4448894 *N. di Protocollo generale*. 2496AAB *N. di partenza*.......4894215

OGGETTO: ASSEGNO PER ANIMALI FELINI

Risposta a lettera 30 maggio N. 278944CC

   N. di posizione....... 562494 *N. di Protocollo generale*. 278944CC *N. di partenza*.......27945

Roma, 27 giugno 1890.

Ho ordinato a codesto ufficio tecnico una sollecita ispezione all'ufficio di Castagnazzo onde sia al più presto ovviato all'inconveniente, di cui nella emarginata nota; e nello stesso tempo ho ordinato che sia concessa la somma di L. 70 (settanta) in aumento alla dotazione annua dell'ufficio di Castagnazzo, circolo di Broccasecca, per l'acquisto e il mantenimento di due Gatti. Detta somma sarà dietro speciale mandato pagata dalla Regia Tesoreria di Milano e la S. V. avrà cura

che nel Rendiconto annuale siano allegate le relative pezze giustifi-
cative.

per il Ministro PECORA

All'Onor. direzione della R. Poste Milano

5.º R. TESORERIA DI MILANO.

Milano, 15 luglio 1890.

Avverto codesta Direzione che è arrivato, un mandato di L. 70 intestato Gatti.

Il cassiere, BOTOLA

Alla direzione delle R. Poste Milano

6.º *REGIA DIREZIONE DELLE POSTE DI MILANO.*

20 luglio 1890

Non esiste in questo ufficio il nominato Gatti per cui giace mandato
di L. 70. Avverto invece che al cavalier Ratti non fu ancora pagato
l'aumento sessennale. Prego verificare se è incorso errore.

Il direttore SALA. All'Onor. R. Tesoreria

Milano

7.º

21 luglio.

Caro Sala! Il mandato dice Gatti; e in quanto allo spettabile cavaliere Ratti fate piacere a scrivere voi d'ufficio. Io vado a far colazione
con un osso buco e spaghetti.

Vostro BOTOLA.

8.º *DIREZIONE DELLE R. POSTE DI MILANO*

Milano, 1 agosto 1880.

Eccellenza,

Giace in questa Tesoreria un mandato di L. 70 intestato Gatti che
si suppone appartenente a quest'ufficio. Credo sia incorso errore di
nome, mentre all'egregio cavalier Ratti, nostro vice-cassiere, non è
stato ancora pagato il dovuto aumento sessennale maturato col giugno u.s. Del che do comunicazione a V.E. per le verifiche e rettifiche
del caso.

Il direttore SALA. A S. E., ecc.

9.º *DIREZIONE DELLE R. POSTE*

Ufficio tecnico.

N. di posizione........ 15 N. di Protocollo generale. 24CC N. di partenza....... 21875

OGGETTO: RIPARAZIONI,

Milano, 3 agosto 1880.

Autorizzo codesto ufficio provinciale a voler in relazione al rapporto del 20 aprile u.s. ordinare un sopralluogo all'ufficio di Castagnazzo, dipendente da codesto Circolo postale e a trasmettere colla massima sollecitudine un preventivo delle spese occorrenti in detto ufficio onde riparare agli inconvenienti lamentati nella sovra citata nota.

L'ing. capo VIRGOLA.

All'ufficio postale di Broccasecca.

10.º UFFICIO POSTALE DI BROCCASECCA

N. di posizione........555B   N. di Protocollo generale.915   N. di partenza.......916

OGGETTO: RIPARAZIONI.

Broccasecca, 15 agosto 1880.   Urgentissima

Avverto codesto ufficio che per ordine del Regio Ufficio tecnico avrà luogo nei giorni di giovedì e venerdì della vegnente settimana un'ispezione dei signori ingegneri cavalier Cardone e cavalier Tarocco per provvedere al più presto a quei lavori di riparazione di cui è cenno nella Nota dello scorso 5 aprile.

Il ff. di direttore   PERETOLA.

All'Ufficio Postale di Castagnazzo.

11.º *TELEGRAMMI DI STATO*

Direttore poste Milano

Assegno Gatti Castagnazzo ordino pagamento Ratti.

Ministro.

(*Continua..... sempre così*).

* * *

"Giusta di glorie dispensiera è morte" ha detto il poeta: o che sia presso a poco vero lo dimostra il seguente fatterello accaduto in Milano quest'inverno scorso, di cui possono far fede tutti coloro che hanno gli occhi per leggere un libro stampato.

Guai se non ci fosse la speranza che almeno sulla tua tomba il mondo ti renderà giustizia! Come potrebbero i galantuomini sopportare i titoli, gli onori, le ricchezze profuse ai furbi matricolati e ai birboni di mestiere, mentre gli onesti sdegnosi son lasciati nel cantuccio delle ragnatele, se pur non patiscono la fame e la malinconia? Come potrebbero gli artisti o gli scrittori morigerati sacrificare la vita all'ideale, al casto e magro ideale dell'arte che non si vende, mentre basta un'elegante porcheria per far di te un uomo di genio e per rendere famoso il tuo nome ai quattro punti cardinali? Ma consolatevi, o ignorati! ecco scende per voi la morte, giusta dispensiera di luce elettrica. Se non lascerete gloria e denari, vistosi monumenti e rimbombanti panegirici, immortale e invisibile sederà sulla vostra fossa la soddisfazione d'aver compiuto il proprio dovere; sul vostro capo cresceranno le simboliche ortiche, e meste circoleranno le lucertole dai glauchi occhi soavi. Detto questo, ecco il fatterello....

Quest'inverno scorso, quando più infieriva l'influenza e a Milano si moriva come muoiono le mosche ai primi freddi, tra i morti illustri che la città ebbe il dovere di rimpiangere e di portar via in fretta ci fu anche il commendatore Ugolino Cerbatti, un chimico di gran valore, membro effettivo del R. Istituto Lombardo, uno dei XL di Modena, S.c. della K.K. Ph. Ps. W.G. di Berlino e, se non sbaglio, cavaliere dell'Aquila nera, del Sole di Persia e di molti eccetera. Era insomma uno di quegli uomini illustri molto complicati, che portan via essi soli una pagina intera dell'Annuario della Pubblica Istruzione e che vanno al mondo di là *vaiolati* di asterischi e di onorificenze. I giornali, colti in un momento di crisi politica e di raffreddori, non dissero quasi nulla dell'Uomo. Registrarono semplicemente con quattro righe la notizia della grave perdita tra un fatterello di cronaca e un rebus monoverbo, riportando al più i titoli sbagliati dei libri che il Cerbatti aveva scritti e anche di quelli che non aveva mai scritti. Si dette poi il caso che in quel giorno fosse mancato anche un uomo mezzo politico, certo Palamede Bottigella, ex cuoco dell'albergo Rebecchino, ex garibaldino, vicepresidente dell'associazione dei giovani di caffè, un vecchio combattente delle gloriose Cinque Giornate, che fece una spietata concorrenza all'altro morto dell'Istituto lombardo. Specialmente i fogli radicali, che non avevano una parola per il chimico illustre, profusero un barile d'inchiostro a celebrare le virtù, il disinteresse e i sensi veramente liberali del valoroso Bottigella, che in fine per la patria non si era nemmeno fatto ammazzare.

Io non spingo la mia aristocrazia intellettuale fino al punto da preferire sempre e in ogni circostanza un membro del R. Istituto lombardo a un cuoco onesto che sappia bene il suo mestiere; anzi come m'inchino ai meriti della scienza, così m'inchino ai meriti del patriottismo. Ma vorrei che la stampa davanti alle tombe fosse meno avara di carattere garamone anche verso gli uomini che fanno progredire le scienze, le lettere e le arti e che, onorando sè, onorano insieme la patria e l'umanità.

Se Chevreul non avesse scoperta la stearina, avremmo noi le candele steariche? Se Hoffmann non avesse saputo estrarre i colori d'anilina dal carbon fossile, avremmo noi i bei colori di anilina? Senza l'ingegno di un Liebig avrebbe potuto il Bottigella preparare una buona tazza di brodo e servirla calda in cinque minuti?

Questo basta a dimostrarvi che in tutti i campi dell'umana attività l'ingegno e la volontà si equivalgono, perché da molte parti l'umanità concorre a ungere le ruote del civile progresso. Tornando al povero Comm. Cerbatti, s. c. della K. K. ecc., appena si seppe ch'egli era morto davvero, il presidente dell'Istituto, un poco influenzato e febbricitante anche lui, non potendo prender parte personalmente, scrisse al socio corrispondente professore Falci per pregarlo di voler compiacersi di rappresentare il sodalizio ai funerali del compianto collega.

Chi ha qualche cognizione di spettroscopia sa che Federico Falci è oggi uno dei più stimati cultori di questa scienza, Ma pochi sanno che strano uomo sia nelle cose ordinarie della vita e come ogni avvenimento che esca un dito da' suoi studi basti a fargli perdere la sinderesi e a buttarlo in una tremenda confusione di spirito.

Figlio di un portinaio di casa Gambarana, venuto su a forza d'ingegno, di studio e di sussidi di carità; costretto per molti anni a vivere nella soggezione di una mezza povertà, egli ama vivere nel suo guscio, tra i suoi libri, sotto la guida e la protezione di sua sorella, una donnona grassa, ignorante, tutta esperienza, che lo veste come un abate e lo mantiene come un ragazzo. Il Falci poco o nulla sa di quel che accade nel mondo politico e nel mondo elegante: poco o nulla legge di quel che si stampa fuori de' suoi libri e delle sue riviste irte di formole matematiche. Serafina pensa a vestirlo, a nutrirlo, a fargli la barba, a parlare, a rispondere per lui tutte le volte che capita di trattare qualche piccolo interesse di famiglia e si persuade, l'ingenua donna, che i libri son fatti apposta per imminchionire gli uomini. Nell'animo suo la Serafina pensa che, se non ci fossero gli ignoranti a salvare il buon senso, il mondo diventerebbe in breve andare una gran gabbia di matti.

Guai se la buona Serafina non pensasse a mettere in disparte tutti i mesi qualche soldo degli stipendi del suo Taddeo, il pover'uomo, a lasciarlo fare, ingolfato a leggere e a graffiare que' suoi libracci mezzo greci e mezzo turchi, si lascerebbe marcire la camicia indosso. Essa ha trovato apposta per lui il nome tondo di Taddeo, perché le pare d'indicar meglio e di riassumere meglio con questo nome la bontà e la dottrina balorda di suo fratello scienziato.

Delle passioni umane, oltre i libri, il Falci non ne conosce che una, per il suo caffè nero, quel buon caffè nero un po' lungo della Serafina, ch'egli beve caldo in una scodella larga di maiolica, come se fosse brodetto, e che lo tien alacre e sveglio tutta la notte sui libri, finché i passeri vengono a saltellare sul davanzale e il sagrestano muove le campane della vicina chiesa.

Dato un uomo di questa natura, è facile immaginare come la preghiera del Presidente gli dovesse orribilmente seccare. Oltre alla perdita di tempo, al pigliar freddo, al bagnarsi i piedi con tutta la neve ch'era caduta in terra, bisognava vestirsi di nero, mettersi in vista, leggere un discorso…. C'era da sudar caldo e freddo per un uomo come lui! Tuttavia nella sua docile obbedienza, che in fondo si riduceva a una grande incapacità di disobbedire, per non saper che scuse pescare, per paura di mancare a un sacro dovere, per rispetto al morto, accettò la rappresentanza. La Serafina tirò fuori dall'ultimo cassettone i calzoni neri, che mandavano un acre odore di canfora e di pepe, li sciorinò all'aria; poi dalla guardaroba cavò il palamidone di panno, preparò i guanti, la camicia di bucato, il cappello a cilindro, bello lucido e spazzolato, e suggerì anche qualche idea del discorso funebre. Il povero Taddeo, così dotto come sapete, così agguerrito di spettroscopia, era un pesce fuori dell'acqua messo a trattare di argomenti in cui entrasse un poco di sentimento e di bello stile.

Col Cerbatti non si eran trovati che poche volte nella sala quasi oscura dell'Istituto e forse non gli aveva detto dodici parole in tutta la sua vita, Poco o nulla sapeva delle virtù che il morto aveva avute o avrebbe dovuto avere prima di morire, e nella sua fanciullesca ignoranza non pensava nemmeno a quel che tutti sanno, cioè che i morti hanno tutte le virtù possibili e specialmente quelle che non hanno avute. Ma la Serafina che era sempre il suo braccio diritto in tutte le contingenze, vedendolo più impicciato d'un pulcino nella stoppa, pensò d'andar lei in cerca di notizie. Uscì, cercò del bidello dell'Istituto, un suo vecchio vicino di casa, che la presentò al segretario: e dopo qualche ora tornò con un foglietto pieno di dati biografici e bibliografici che presentò al fratello dicendo:

—Eccoti il tuo morto. Gianella dice che questo tuo scienziato era un avaro dannato, che non regalava mai un soldo di mancia a nessuno; ma non è necessario che tu lo dica nel tuo elogio. Dirai anzi il contrario, che aveva le mani buche, che aiutava i poverelli. Si dicon tante bugie per i vivi, che si può dirne una anche per un morto. E a questo proposito mi ricordo d'aver conservato l'elogio che hanno stampato a Lecco, quando morì quel nostro povero zio prete, che fu un gran mangiatore di libri anche lui e che a furia di libri morì pitocco come Giobbe. Penso che ci siano lassù dei periodi che possono andar bene anche per questo avaro. Ogni paio di calze e ogni camicia vanno bene ad un morto. Del resto Gianella mi ha anche detto che il tuo scienziato era sordo come una campana; per cui gli puoi cantare anche l'*Epistola* che lui non sente lo stesso.

Con questi incoraggiamenti e coll'aiuto della necrologia stampata in onore dello zio prete, a furia di pestar nel calamaio colla penna, riuscì anche a Taddeo di mettere insieme trentotto righe di belle parole non prive d'un certo suono, colla solita citazione del Foscolo: "Sol chi non lascia eredità d'affetti... Cominciava così:" *Davanti a questa bara che racchiude i resti mortali del nostro compianto collega ed amico, la voce vien meno e altro non resta che di pronunciare un mesto addio a nome di quell'Istituto di cui egli fu gloria e ornamento...*

E finiva coll'epifonema:—*Salve, spirito eletto! tu hai finito di soffrire in questa dolorosa battaglia della vita....* (Questa frase era tolta di peso dall'elogio dello zio prete morto dopo lunga malattia d'un cancro allo stomaco) .... *Valga l'esempio delle tue nobili virtù d'incitamento a tutti noi, che abbiamo imparato alla tua scuola come si possa congiungere la scienza all'ideale, la modestia alla virtù, la costanza dei propositi alla bontà indulgente dell'animo.* (Tutta roba rubata allo zio prete).

* * *

Serafina trovò il discorso fin troppo bello per un avaraccio, che non dava mai un soldo di mancia a nessuno. Vestì il suo Taddeo, lo spazzolò una volta più del solito, gli accomodò la cravatta, gl'infilò i guanti neri sui diti grossi come salamini e lo buttò fuori dell'uscio che già suonavano le nove e mezza, l'ora stabilita per il trasporto.

Taddeo sceso in furia le scale e nella confusione di spirito in cui si trovava, invece di piegare a destra, nella direzione di San Giorgio, seguendo l'abitudine di tutti i giorni, voltò a sinistra verso Brera e l'Istituto. Non si accorse d'aver sbagliato, se non quando fu sulla porta del palazzo. Questo contrattempo aiutò a scombussolarlo ancor di più.

Tornò in fretta sui propri passi e col suo andare sconnesso e frettoloso che gli dava l'aria d'un barile rotolato, passò in mezzo al gran via vai delle strade, coi pensieri arruffati, masticando macchinalmente la prima frase del discorso: *"Davanti a questa bara"* col fastidio di chi sente dolere il dente guasto mentre sale le scale del dentista.

Non poteva quel benedetto Presidente incaricare qualche altro di questa faccenda? C'è della gente che va così volentieri ai funerali e par fatta apposta per accompagnare i defunti illustri, per far dei discorsi, per mettersi in vista come lampadari! C'è chi non manca mai al seguito d'un morto di talento, e ci tiene anzi a far sapere che c'è, a far mettere il nome sul giornale. A queste piccole fiere del dolore non manca mai chi ha da spacciare un residuo di vanità insoddisfatta. Ebbene, perché non fanno una società di mutuo accompagnamento questi lampadari, che si accendono alla fiamma d'un illustre che se ne va, e perché non lasciano stare in pace i poveri diavoli, che amano lavorare nel loro guscio?

In queste idee ch'egli brontolava mentalmente insieme a frasi smozzicate dell'elogio funebre, il Falci arrivò alla casa del morto, in via dei

Piatti; ma sentì che il morto era già partito.

Voltò subito ancora più sconcertato verso la chiesa di S. Giorgio, e visto sulla porta di questa un nomo vestito di rosso, lo scaccino, gli domandò:—Il morto? voglio dire il Commendatore?

—Eh, eh!...—Rispose lo scaccino, tagliando l'aria colla mano, per significare:—A quest'ora è già in paradiso.—Però se imbocca San Sisto e infila Santa Marta, in dieci minuti lo può raggiungere.... È un funeralone, non può sbagliare.

Lo scaccino parlava ancora che già il nostro Taddeo imboccava San Sisto e infilava Santa Marta: di là scendeva verso la piazza del Castello: e finalmente, giunto nelle vicinanze della chiesuola detta della Madonnina, gli parve di vedere il suo morto, cioè una gran folla nera che si addensava dietro un carro alto coperto di fiori, nella nebbia di quella giornata bigia di febbraio. E non aveva ancora raggiunto il corteo che risonò in lontananza una malinconica marcia funebre, che dopo aver messo anche il nostro Taddeo al passo cadenzato delle meste circostanze, lo commosse un pochino. Quei clarinetti parevano gemere sulla vanità delle glorie umane..... Ma! Taddeo si asciugò la fronte (era stata una bella corsa!) si mise in coda anche lui in mezzo ai poveri, e lentamente, quanto fu lunga quell'eterna strada, seguitò il suo morto, badando a schivare il fango e le pozze d'acqua.

Al cimitero monumentale, (così detto perché ci sono dei brutti monumenti) il feretro fu deposto sotto un portico praticabile alle correnti d'aria e ai dolori reumatici e venne subito circondato dalle rappresentanze e da molte bandiere. Il prof. Falci, agitando il suo foglietto, cercò di farsi strada in mezzo ai dolenti, finché trovò un buon parente, meno dolente degli altri, che lo fece passare mentre già si recitava un discorso. Il nostro amico un po' per la distanza, un po' per il bisbiglio, un altro po' per la confusione e per la soggezione, non afferrò di quel primo discorso che qualche frase più sonora, come.... *patrie battaglie.... sentimenti liberali... principii immortali della democrazia....*

Queste parole e lo sfoggio di molte bandiere e di molti petti sfolgoranti di medaglie avrebbero dovuto dirgli che non era roba di chimica e d'Istituto. Ma il suo cuore era così immerso nelle trent'otto righe che doveva recitare al cospetto del pubblico, che se gli avessero fatto un salasso, non gli veniva una goccia di sangue. E poi non era uomo da saper distinguere tra il dolore dei dotti e quello dei valorosi patrioti: o se anche avesse saputo distinguere, tirava là sotto un'aria così maledetta, che non lasciava l'animo disposto alle sottili analisi filosofiche.

Finalmente si sentì tirato e poi sospinto da quel medesimo buon parente che l'aveva fatto passare, vide davanti a sè il suo morto, sentì il gran silenzio che lo circondava e con quel coraggio che assiste negli estremi pericoli i più disperati, cominciò anche lui con voce di clarinetto:—*Davanti a questa bara....*—e tirò via bel bello: e quando fu sul finire, animato da una sincera commozione, rinforzò, elevò la voce e suonò il suo finale anche lui con buona intonazione:—*Valga l'esempio delle tue nobili virtù d'incitamento a tutti noi che abbiamo imparato alla tua scuola come si possa congiungere la scienza all'ideale, la modestia alla virtù, la costanza dei propositi alla bontà indulgente dell'anima....*

Erano le quattro righe copiate letteralmente dall'elogio dello zio prete, che morto e sepolto da un pezzo, non poteva più risuscitare a protestare e a pretendere la roba sua.

La gente mormorò: bene, bravo. Molte mani di patrioti si allungarono a stringere la mano dell'oratore che sudato, trafelato, non vedeva innanzi a sé che una gran macchia d'inchiostro e non sentiva che il filo d'aria diacciata che gli fischiava nell'orecchio. Il buon parente con dolce violenza gli tolse di mano il manoscritto per poter unirlo alle altre necrologie, che l'Associazione dei giovani di caffè intendeva pubblicare in onore del benemerito suo vice-presidente.

Era avvenuto quel che il più fino di voi ha già capito da un pezzo.

Taddeo, tutto assorto nella paura di un discorso a fare, aveva preso un morto per un altro. Imbattutosi nel funerale dell'ex cuoco garibaldino, si era lasciato rimorchiare dalla folla e dalla banda senza pensare che a Milano non si muore mica uno per volta. Aveva seguitato il corteo e aveva recitato il suo bel discorso senz'accorgersi che il suo morto non puzzava di commendatore. E nemmeno tra gli uditori ci fu chi se ne accorse. Qual'è quel morto che non congiunge la modestia alla virtù, la costanza dei propositi alla bontà indulgente dell'anima?.... In quanto alla scienza tirata in ballo nel discorso davanti alla bara d'un cuoco, chi l'ha definita così bene questa benedetta scienza, che non si abbia mai a confondere con qualche altra cosa?

Per tutte queste ragioni il discorso del prof. Falci scritto per un chimico membro del R. Istituto, uno dei XL di Moderni, S.c. della K. K. Ph. Ph. W.G. ecc. ecc., poté servire benissimo per un cuoco garibaldino democratico: e chi lo legge oggi tra le necrologie stampate in onore di Palamede Botigella dice che è bellissimo. Anche il *Secolo* trovò modo di lodarlo con queste parole: "Il prof. Falci, vecchio amico del defunto, recitò un commovente discorso ispirato a sensi liberali e a idee generose..."

Taddeo è ritornato subito a' suoi studi di *Spettroscopia* coll'animo sereno e tranquillo di chi ha compiuto un pio dovere verso un compianto collega. Ma devono aver riso veramente di gusto al mondo di là il Comm. Cerbatti e Palamede Bottigella, quando s'incontrarono collo zio prete.... a meno che i morti non siano gente più seria di noi.

* * *

VECCHI GIOVINASTRI

Nel caffè detto del Paolo c'è un salottino color cioccolatta, dove molti anni fa si ritrovavano tutte le sere dalle otto alle dieci i "soliti." Torniamo a quei tempi e cerchiamo di farle rivivere le cinque belle macchiette.

Il più vecchio di questi "soliti" è don Procolo, soprannominato nel quartiere anche il prete senz'anime, perché non è addetto alla parocchia, ma vive d'incerti, sopra una piccola messa obbligatoria e su qualche candela, quando muore una persona di considerazione. È un povero diavolo, che porta una veste color così così, con certe maniche verdognole, con al collo di solito un fazzoletto bianco, che fa parer più lunga la barba corta, con corte unghie, parlando con poco rispetto, che taglierebbero una forbice. Ma con tutto questo, don Procopio non è un asino, tutt'altro; se avesse voluto, se non fosse stato quel gran trasandato, avrebbe potuto essere un eccellente professore di filosofia; ma le abitudini son invecchiate colle ossa e il bislacco ha seppellito il filosofo.

* * *

Don Procopio è sempre il primo a sedersi al solito tavolino, tra le sette e mezzo e le otto; e mentre il Paolo accende il gas e da un'occhiata ai giornali, il prete fa un po' di tenera conversazione con Marianna, la vecchia gatta del caffè, alla quale porta tutte le sere o una crosta di formaggio, o una filaccia di carne, o lo pelli del salame, e non di raro qualche ossicino di pollo non tutto da buttar via.

La Marianna, appena vede qualche cosa di nero svolazzare dietro la vetrina, salta dalla cassettina dei *bonbons*, dove sta ronfando, e facendo arco colla schiena e arco colla coda, si sdruscia tutta sulle calze del prete, che la tien a bada un pezzo colle ciarle, prima di tirar fuori il famoso pacchettino. In quei teneri discorsi tra il prete o la Marianna, lui la chiama la sua vecchia amorosa, la sua cara golosaccia, la sua sorniona, tirandola ora per la coda, ora per la còppa, o le fa certe carezze a contropelo, che non potrebbe far di più verso la sua Nemica un Aurispa *fin de siècle*.

Nei giorni di solennità poi ho veduto io stesso don Procolo dividere colla micia il navicellino dolce ch'egli si regala insieme al "cappuccino" e chi sa quanto il buon vecchio sia goloso, può misurare l'estensione del sacrificio. Bisognerebbe inventare uno stile apposta per dir bene certe profondità della psiche.

Il caffè del Paolo è una bottega all'antica, che conserva una vecchia clientela di gente pia e religiosa, non vi si fa musica, non vi si vedono giornalacci. Gli specchi riquadrati in cornici di legno color zucchero *brulé*, hanno la vista languida: i tavolini stanno ancora come una volta su quattro gambe: su quattro gambe stanno anche gli sgabelli coperti di cuoio: tutto insomma è quadrato sull'archetipo ideale d'una tavoletta di caraca fina. I divani, rasenti al muro, sono coperti di vitello con borchiettine di ottone e in fondo, dietro il banco, cigola un armadio di noce, che il nonno del Paolo comprò per ottanta svanziche all'asta del marchese Rescalli.

È verso le sette e mezzo che la sora Peppa comincia a brontolare. La sora Peppa non è la sorella, non è la moglie del Paolo, che ha giurato di morir celibe, ma il nome di una grossa cocoma di rame, dai fianchi larghi, dal labbro sporgente che, secondo l'idea di don Procolo, aveva in quei tempi una grande somiglianza colla sora Peppa Schineardi, priora di S. Maria Segreta. Son cose, (direte) piccine di gente piccina; ma abbiamo noi forse ricevuto dal genio nostro l'incarico di costruire il Sopra-Uomo? mai più. A noi piacciono gli uomini come natura li fa, presso a poco come a don Procolo piacevano i navicellini appena usciti dal forno. Solamente procuriamo di raccogliere in questi modesti documenti qualche ultima nota della semplice bonarietà umana.

Ho detto che di giornalacci il Paolo non ne vuole in bottega, La più eretica è *donna Paola*, cioè la *Perseveranza*, che don Procolo legge volentieri, perché vi si difende qualche volta il Rosmini. C'è l'*Osservatore Cattolico* la *Gara degli Indovini* e basta. Niente *Secolaccio!* niente robaccia illustrata che riporti roba poco vestita, e ciò per principio, e poi anche per rispetto ai ragazzi e alle ragazze, che vengono colle loro mammine a mangiare il caffè e panna dopo essersi confessati e comunicati.

* * *

Tra i soliti, oltre a don Procolo, viene tutte le sante sere d'inverno il signor Tazza, detto Battistone, maggiore in pensione, un avanzo di Crimea, grande grosso come una torre, celibe anche lui, già sull'invecchiare. Più sul tardi ci viene anche il Cavaliere (il nome preciso non l'ho mai saputo per colpa di questo benedetto titolo). È un uomo sui cinquant'anni, magro, pulito, grazioso, impiegato in uno dei molti uffici del Demanio, celibe anche lui. Non sempre, ma ci vien spesso l'avvocato Chiodini, che par sempre che caschi dalle nuvole o che esca da un mucchio di cenere per quel suo colore slavato, per que' suoi occhietti cenericci, pieni di fumo, ma non senza malizia. In cause di condotta d'acqua si vuole che guadagni de' bei denari. Anch'egli è celibe, nel senso legale della parola.

* * *

Una volta non ci mancava mai anche Carlinetto, detto 'legrìa, sempre giovine e sempre biondo, sebbene camminasse anche lui verso l'età canonica. Carlinetto, impiegato alla Congregazione di Carità, non solo era un gran raccoglitore di francobolli e un filatelico appassionato, ma conosceva tutti i bugigattoli dove ci fosse del vin rosso potabile: talchè "i soliti" davano sempre a lui l'incarico di ordinare i pranzetti straordinari le poche volte che di primavera o d'autunno uscivano a far un po' di baldoria in qualche osteria suburbana.

Senza Carlinetto che sapeva, dirò così, cucire le ciarle degli altri, far la rima e il *calembour*sulle parole, don Procolo, Battistone, il Cavaliere, il Chiodini erano come tanti organetti senza il manubrio. Carlinetto, invece, detto "'legrìa" con quella sua faccia rossiccia da bambola, con quei suoi occhietti che ballavano dietro gli occhiali, con quel nasino corto e gobbo, col suo argento vivo che gli usciva dalle gambe, co' suoi eh, eh, eh, eh,... che parevan la trombetta dei pompieri, avrebbe fatto ridere i tavolini del Paolo. Se poi c'era di mezzo una bottiglia di buon vino potabile, Carlinetto diventava un raggio di sole.

Una volta c'era in bottega la sora Peppa Schincardi e la fece tanto ridere, che la povera donna fu costretta a moversi: e chi conosce un poco di vista la priora capirà che cosa voglia dire far ridere una beghina come quella. Era una festività contagiosa, alle volte senza sugo. Cominciava Carlinetto a dire, per esempio:—Oggi ho mangiata la frittata eh... eh!...—E il Paolo ripeteva:—Ha mangiata la frittata eh! eh!—Poi subito don Procolo:—Tu hai mangiata la frittata.... E il Chiodini:—Egli ha mangiata la frittata... Egli altri:—Noi mangeremo la frittata..... E tutti:—Perché non si mangia una frittata?—Si mangi una frittata...—E quando la frittata vera faceva il suo ingresso nel salottino "i soliti" ridevano a tenersi il ventre colle mani. Nessuno aveva per la testa in quel momento che un uomo possa aver sete dell'irraggiungibile o di qualche altro ideale dell'altro mondo; per la frittata non c'è di meglio che il vin bianco secco.

Ma capitò anche a Carlinetto ciò che capita quasi sempre ai ragazzi di buon cuore. Una certa signora Letizia, già sua padrona di casa, un falchetto di donna, dopo averlo tenuto sulla frasca due o tre anni per conto suo, venuta a morire improvvisamente, gli raccomandò al letto di morte due sue figliuole, Erminia e Paolina, che non avevano più nessuno al mondo. Carlinetto, preso per la punta del cuore, per quanto amasse la sua santa libertà, il solito tarocchino, la pesca nel Lambro, e quel non pensarci che è la più gran fortuna dell'uomo libero, per quanto chiudesse gli occhi al fuoco di fuori e a quel di dentro, non poté a lungo rimanere insensibile alle lacrime dell'Erminia (una bella bionda di vent'anni impiegata nei magazzini Bocconi). Tentennò un pezzo tra il sì e il no, tra il voglio e il non posso, finché un giorno vide ch'era meglio sposarsela e cadde sulla fiamma della candela.

I "soliti" quando seppero questa grande novità, rimasero profondamente addolorati, come se avessero sentito dire che Carlinetto s'era appiccato a una finestra. Poi si sfogarono contro di lui, che non li aveva nemmeno consultati sulla scelta della corda. Si sapeva chi era stata la sora Letizia.... Don Procolo, che non usava perifrasi con nessuno, cominciò a dire ch'egli era stato un asino: che a credere alle donne uno non si salva più, fosse già nell'anticamera del paradiso: che ad impiccarsi un uomo ha sempre tempo.... Carlinetto fu per la compagnia un uomo perduto e rovinato per sempre. Per quindici giorni "i soliti" furono d'un umor tetro come la tappezzeria della bottega, e se ne accorse anche la Marittima una sera che si permise qualche insistenza colle calze del prete. Dal giorno del suo matrimonio, vale a dire da circa tre anni, Carlinetto non si era più lasciato vedere dal Paolo. Qualche volta Battistone raccontava d'averlo incontrato in Cordusio, ma non era più il Carlinetto d'una volta. Magro, colla barba lunga, coi calzoni corti..... pareva anche mal vestito. Il Cavaliere avrebbe buttata via la testa, quando ci pensava. I conti eran subito fatti: Carlinetto col suo impiego alla Congregazione, a star bene, non tirava duemila lire: e con duemila lire, a Milano, non si vive in tre, anzi in quattro, perché allo scoccar dei nove mesi il bimbo fu pronto come una cambiale. E le bionde hanno anche dei capricci, si sa. Povero asinel povero *'legrìa!* I soliti provavano tanta rabbia, che avrebbero pianto. Chi lo vedeva brutto e malato. Chi diceva che s'era ridotto in quattro miserabili stanzette laggiù nei quartieri di porta Volta, vicino al cimitero. Chi sapeva di certo che oltre ai lavori di ufficio teneva anche i conti di un droghiere e l'amministrazione delle ossa dei Morti a S. Bernardino. Già s'intende, non più caffè, non più sigaro, non più vin bianco, non più pesca all'amo, non più tarocchino. Casa e ufficio: ufficio e casa, moglie, bimbo, fascie..... e miseria! E che cosa gli mancava a quel satanasso per vivere più felice d'un papa? Ma le donne son fatte apposta per guastare la felicità degli uomini. Il Signore—raccontava don Procolo—creò l'uomo a sua immagine e somiglianza e poi si pentì, perché capì nella sua onniscienza che il birbone l'avrebbe bestemmiato e rinnegato. Il primo pensiero fu di ridurlo di nuovo in un pugno di fango, o di cavarne un animale meno superbo; ma questo sarebbe stato come un confessare d'aver sbagliato, e Dio, si sa, non sbaglia mai. Ebbene che cosa ha pensato il Signore per correggere il suo sproposito? Ha creata la donna e gliel'ha confitta nelle costole. La donna non è la compagna, ma la *errata-corrige* dell'uomo.

—Fra le altre cose—raccontava Battistone—pare che questa sora Erminia i calzoni voglia portarli lei. Comanda a bacchetta, si fa accompagnare alla messa cantata, vuole che per le dieci l'ometto sia in casa....

—È stato un asinaccio....—commentava don Procolo.

—Non saranno tutte vere le storie che si contano, ma è certo che, se Carlinetto potesse tornare a fare il quarto a tarocco, darebbe la sua metà di paradiso.

—È un asino in piedi—andava brontolando il prete senz'anime.

—Una notte sul tardi—prese a dire una volta il Cavaliere—tornavo dal teatro Dal Verme dov'ero stato a sentire la Galletti, e venivo bel bello, come si fa, verso casa....

Il discorso fu interrotto da un gran pugno, che Battistone lasciò cadere sul tre di picche, al qual pugno seguì uno schiamazzo indiavolato. Don Procolo aveva arrischiato un asso in seconda, sbagliando il conto dei tresette. Era una sera cattiva. Il Chiodini era più distratto del solito e rifiutava senz'accorgersi d'aver le mani piene di carte del gioco. Fatto un po' di silenzio, il Cavaliere riprese:—Dunque tornavo bel bello verso casa....

—-Paolo, non ci si vede stasera—gridò don Procolo, che perdeva già dodici soldi.

Battistone, che sul pranzo si lasciava sempre andare con troppa voracità, sbadigliava, masticando colla bocca aperta tutte le vocali dell'alfabeto. I soliti non erano allegri.

—E dunque, sto Carlinetto?—chiese il prete.

—L'ho incontrato tra le dodici e le dodici e mezzo, in via di S. Vincenzino, tutto imbacuccato in un soprabito d'inverno, in mutande. Eravamo ai tanti d'agosto e c'era una splendida luna.—Dove vai, a quest'ora, da queste parti?—gli domando.—Sei tu?—risponde—A mia moglie è venuta una voglia. Vuol mangiare una carota. Dice che non può dormire, se non mangia una carota. Vado a vedere se trovo un ortolano aperto...

—Oh! oh!—Esclamarono i soliti.

—Che cosa vuoi? che mi nasca un figliuolo con una carota al posto del naso? le donne bisogna contentarle quando sono in certe condizioni.—Così dicendo, mi salutò e svoltò per la piazza Castello in cerca della carota.

O povero Carlinetto! Battistone che pativa mancanza di respiro, fu preso a questa storiella da un singhiozzo nervoso, che lo fece ballare un pezzo come un sacco di crusca sulle molli del divano.

Come avviene però delle cose del mondo, belle e brutte, cull'andar del tempo anche il discorso di Carlinetto cedette il posto ad altri argomenti nella solita saletta del Paolo e quasi me lo avevano dimenticato.

Ci fu nel frattempo un gran processo di assassinio, con complicazione di adulterio. Poi seguì la guerra dell'Afghanistan: poi scomparve la povera Marianna senza più dare notizie di sè. Insomma Carlinetto sarebbe stato dimenticato per sempre, se la sera del diciotto dicembre, tre anni dopo il matrimonio di quell'asinaccio, Battistone non avesse domandato, spiegando un foglio sul tavolino:

—Indovinate chi mi scrive.

Nessuno era indovino.

—È Carlinetto che scrive.

—Ahi! Campane a stormo!

Tutti pensarono che il povero ragazzo venisse a invocare la misericordia dei vecchi amici.

—Sentite quel che dice: "Caro Battistone, Scrivo a te che vedi gli altri. Giovedì è il giorno di Natale e alla mia Erminia i parenti di Rho hanno regalato un bel tacchino e dodici bottiglie di moscato di Siracusa. A nome dunque di mia moglie, che ha una gran voglia di conoscervi, invito te, don Procolo, il Cavaliere e il Chiodini a farmi onore. Non andate a pensar scuse. Si pranza alle sei. L'uomo può prendere moglie senza perdere i caratteri indelebili dell'amicizia, i quali sono immarcescibili. Rispondete subito al vecchio Carlinetto detto 'legrìa.

—Povero figliolo!—disse il prete—se la andasse a buon cuore, sarebbe il re dei re.

—Credete proprio che gli si faccia un buon servizio ad accettare?

—Siamo quattro bocche.

—E che bocche! Ma d'altra parte egli non aveva nessun obbligo d'invitarci. Gli si farebbe torto.

—Non sentite che si tratta ancora d'una voglia di sua moglie?

—Sicuro. Se la sora Erminia non vede don Procolo, le potrebbe nascere un figliuolo vestito da prete.

—-Eh! eh! oh! oh!—Fu una gran risata. La lettera di Carlinetto fece scattare un poco della vecchia allegria.

—Andiamo tutti a consolarlo, a distrarlo un po'—disse don Procolo—Forse ha bisogno di vedere la faccia degli amici, di rifarsi il sangue, povero 'legrìa! Andiamo a liberarlo dalle fiamme del purgatorio.

Si combinò una lettera collettiva, firmata da tutti e quattro, nella quale si accettava ringraziando: e si combinò che ciascuno porterebbe qualche cosa, chi il vasetto della mostarda, chi il rosolio, chi un mazzo di fiori....

—Io gli porterò il panettone—disse il Chiodini: e si lasciarono.

Don Procolo si trascinò fino alla Canonica dove aveva uno stambugietto accanto al solaio della sagrestia. Battistone trovò che la sua Ludovina, una serva padrona piena di premura, gli aveva messo il trabiccolo in letto e stava riscaldandogli del latte col miele per ammorbidirgli la raucedine. Il Cavaliere fe' scricchiolare le sue scarpe su

per le scale: un ragazzetto gli aprì l'uscio e portò il lume in camera.
Dei quattro celibi soltanto l'avvocato si perdette per distrazione nella nebbia e nell'oscurità delle viottole e non giunse a casa che verso
la mezzanotte. Provò ad aprir la porta di strada, ma aveva presa la
chiave della cantina in luogo della chiave giusta, così che bisognò
picchiare un pezzo per svegliare il portinaio. Il quale, da uomo che
non vedeva mai un soldo di buona grazia, finse d'aver il sonno duro
e non si mosse se non quando il casigliano, già fuori dei gangheri,
minacciò di buttarne fuori anche la porta. Finalmente s'intese uno
strascico di pianelle, il portello si aprì, nello spiraglio luminoso i
due uomini mugolarono quattro parole rabbiose, e tutto ricadde nel
buio e nel silenzio.

—Vecchi giovinastri!—Brontolò il portinaio, quando tornò sotto le
coltri accanto alla sua vecchia cuffia.

* * *

Il giorno di Natale don Procolo e il Cavaliere, incontratisi sull'angolo di via Porlezza, si avviarono insieme verso la casa di Carlinetto,
che dava sul fianco del teatro Dal Verme colla vista delle piante e
della nebbia di piazza Castello. Il prete teneva in mano il suo vasetto
di mostarda, non troppo grande, per non far torto all'ospite: e il Cavaliere aveva un pulcinella coi campanelli.

Giunti sulla soglia di una porta di assai modesta apparenza, dettero
un'occhiata al numero.—È qui—ed entrarono.

Non ora un palazzo, ma una casa abbastanza pulita, col bugigattolo
del portinaio, con una scaletta stretta ma chiara e con un certo odor
di cuoio su tutti i pianerottoli. Fatti alcuni scalini, don Procolo si
voltò verso il compagno e disse:—Non si sente odor di risotto.

Il Cavaliere, che faceva tanto bene scricchiolare, le scarpe sugli scalini, si rannicchiò nel bavero di pelo, sporse il labbro inferiore, aprì le
due mani, tutte smorfie che volevan dire:—Povero diavolo!

—Ah donne, donne, donne!...—canterellò fino in cima il prete. E su
e su, quando piacque a Gesù bambino, arrivarono all'uscio e suonarono. Di dentro rispose un abbaiare fesso e un gran raspar d'unghia
contro la porta.

—O Gesù d'amore acceso, anche la cagnetta!—brontolò il prete.

Il Cavaliere si rannicchiò ancor di più nel pelo del bavero.

Venne ad aprire il ragazzo del fornaio, che aveva riportato qualche cosa. La voce di Carlinetto gridò dal fondo della stanza:

—Siete voi?

—*Nos numerus sumus et fruges consumere nati.*

—Avanti don Procolo, l'uscio in faccia. Sono occupato a voltare il bestione, che è stanco di cuocere sul fianco.

A queste parole tenne dietro un friggío di burro e un profumo delizioso, che aggiustò la coscienza frusta di don Procolo, il quale per non guastare l'avvenire si era limitato sulla colazione. Andarono avanti e si trovarono in un salottino rettangolare, addobbato con un certo buon gusto. Sul caminetto ardeva un bel focherello e gli stavano davanti alcune poltroncine coperte di una tela bigia, con bottoncini bianchi e con bracciolini freschi di ricamo all'uncinetto. Un piccolo divano appoggiato alla parete lasciava a stento il posto per un pianoforte verticale, che reggeva due candele accese. Sul camino c'era la solita specchiera, la solita pendola di bronzo, fra due campane di vetro, coi soliti fiori di pezza. Qua e là qualche fotografia, qualche cespuglio d'erba sempreverde, di lauro o di edera per far boscaglia nei luoghi più nudi; una cosettina insomma modesta, ma pulitina proprio, che lasciava intravedere la manina di buon gusto.

Al Cavaliere avvezzo al lusso grandioso di casa sua, quell'addobbo limitato di "volere e non posso" parve un altro segno della strettezza in cui s'era cacciato a vivere il povero Carlinetto; e dètte al prete un'occhiata che voleva dire ancora: povero diavolo! Il prete invece abituato a dormire in una tana, rispose con una occhiata di meraviglia. Ma come due filosofi non riuscirono ad intendersi, perché entrò Carlinetto che finiva d'asciugarsi le mani.

Quando furono bene asciutte, stese la destra prima alla santa madre chiesa, poi agli ordini costituiti, e cominciò a ridere.

"*Legrìa*" era un uomo di mezzana statura, colla fronte piuttosto alta e bianca, con pochi capelli chiari, cogli occhi grigi, vivi, pieni di bontà. Allegro, ingenuo, incapace di star quieto colle gambe, apparteneva alla classe di quei buoni figliuoli di ingegno non molto esteso, che i grandi individualisti non possono né tollerare né compatire. Ma se gli mancava la potenzialità d'un cenobiarca che si mangia in uno sbadiglio l'universo, era un uomo caldo di cuore, un diligentissimo vicesegretario, un animo capace di rendere un buon servigio anche a una persona antipatica: era poi un marito modello.

—Vedeste il bestione! ha preso un abbronzato magnifico.

—Ci avrai messo, immagino, la sua bella fascia di prosciutto—domandò il prete.

—S'intende. Il prosciutto asciuga il grasso del dindo e gli dà un saporino filosofico... eh! eh!

—E nella pancia, che gli hai messo nella pancia?

—Un ripieno di salsiccia con prugne di Provenza e qualche castagna.

—Va, Carlinetto, tu sei all'altezza dei tempi. Ti ho portato un vasetto di mostarda.

—È dolce?

—Di miele... Alle signore piace il miele. È dolce come il mio cuore...—soggiunse ridendo don Procolo, che cominciava a sgranchire l'appetito nel tepore della sala e nel buon odore che veniva dalla cucina.

—Mia moglie vi prega di perdonarle, se per il momento c'è Bebi che ha bisogno di lei.

—Chi è questo Bebi?

—Il grande, il terribile Bebi.

—Quello della carota?

—No... suo fratello, Eh! eh! eh!—Carlinetto si appoggiò al pianoforte per rider meglio.—L'ho poi trovata la carota quella famosa notte—soggiunse, rivolgendosi al Cavaliere—ma ho dovuto picchiare alla porta di tre erbivendole, finché ne trovai una più pietosa che me la buttò dalla finestra. Un orso, a cui col mio picchiare avevo rotto il sonno sul più bello, mi scagliò dal terzo piano un cavastivali, che se mi piglia giusto, mi faceva nascere una carota sulla zucca. Eh, eh, eh...

Il ridere elettrico e d'un suono metallico con cui Carlinetto accompagnò il suo racconto, cominciò a far solletico anche al cuore mal disposto dei soliti. Il Cavaliere a ridere faceva ah, ah, ah... Il prete: oh, oh, oh, mostrando tutti i denti e la immensa cavità della bocca. La ragione di questa musica la si capisce: gli organetti ritrovavano il manubrio.

—E Battistone?

—Di Battistone—disse il Cavaliere—ho da raccontarne una bellissima.

—Allora sedetevi, mentre vi preparo un bicchierino di amaro tonico di Pavia, un amaro che aguzza l'appetito come una lesina. Accostatevi al fuoco, asciugatevi i piedi.

—Battistone—ripigliò il Cavaliere—questa mattina mi mandò un biglietto con queste parole:—Siamo alle solite. Ludovina non vuole che vada a pranzo fuori di casa senza di lei. Mandami il telegramma dello zio Catarro.

—Chi è questa sora Ludovina che non vuole?—chiese Carlinetto.

—È la Perpetua, la serva padrona—brontolò il prete.

—Non ti ricordi quella contadina grassa come una pollastra, che cammina come una trottola?

—Quella di Vercurago?

—Bravo!

—E che c'entra lei per proibire al suo padrone di andar dove vuole?

—Ma...! misteri del cuore umano, caro mio....

—Le donne c'entran sempre—brontolò il prete—Le donne passano dappertutto, specialmente quando son grasse.

—Che cosa mi raccontate! Battistone, così grande, così grosso, così serio, si lascierebbe comandare da una donna di servizio.... Dunque non avremo con noi il nostro Battistone....

—Verrà, verrà, forse un po' più tardetto, ma verrà. Ora salta in scena lo zio Catarro. Bisogna sapere che Battistone ha uno zio vecchio vecchio, più che ottuagenario, molto ricco, dal quale spera di ereditare un bel gruzzolo di denari. La Ludovina, che forse al gruzzolo ci tiene più ancora che il suo padrone, non vuole che Battistone lasci scappare nessuna occasione per mostrarsi pio, amoroso, pieno di carità verso il povero zio asmatico. Tutte le volte che il servitore dello zio Catarro (lo chiamiamo così per far presto) gli manda un telegramma d'allarme, Battistone piglia la valigia e corre a Como ad assisterlo. Così tutte le volte che le scene di gelosia della Perpetua gli fanno perdere la pazienza, mi scrive un bigliettino e io in risposta gli mando un telegramma con queste parole, per esempio:—*Zio non dorme*—*Zio olio santo*—-*Zio catarro....* La serva ignorante e analfabeta, che ha una gran fede nel telegrafo, mette una camicia nella borsa e beve. Battistone fa un giro intorno alla stazione e viene a pranzo da me: poi andiamo a teatro, o si va fuori di porta, come due studenti in vacanza.

—Ah, ah, oh, oh, eh, eh...—Don Procolo si asciugò gli occhi bagnati col suo fazzolettone turchino, esclamando:—Ah vecchi giovinastri!

Quando il Cavaliere poté riprendere il fiato, continuò:—Ciò che oggi mi tiene in pensiero è che il telegramma dello zio Catarro l'ho mandato fin da mezzodì e io aspettavo Battistone non più tardi delle tre. Non vorrei che la serva si fosse messa in sospetto e avesse fiutato l'intrigo.

—E quell'animale grazioso e benigno che risponde al nome di Chiodini, perché non si vede ancora?—chiese il padrone di casa.

—Questo l'ho incontrato un quarto d'ora fa, mentre correva a casa a cambiar le scarpe. Aveva in mano un gran panettone. Mi disse che sarebbe venuto subito.

Il campanello sonò.

* * *

Poco dopo entrò Battistone alquanto scalmanato, colle orecchie rosse, con un ombrello sotto il braccio, una valigia in mano. E fu accolto da un vivo applauso.

—Hai fatto buon viaggio? si temeva che tu avessi perduta la corsa.

—Si temeva anzi di un deragliamento, o di uno scontro ferroviario.

Carlinetto gli tolse la roba dalle mani e lo spinse verso il fuoco in mezzo agli altri due, che non cessavano di tormentarlo.

Ma in quel momento entrò l'Erminia e i tre vecchi giovinastri si schierarono in fila come i soldati. Carlinetto cominciò le presentazioni.

L'Erminia vestiva quell'abito color vino di Montevecchia che porta tutte le feste alla messa del prevosto a S. Maria alla Porta, quando la si vede raccolta nel suo gran velo nero, col libro di velluto sanguigno fra due morbidi guanti chiaretti, Al *Sanctus* s'inginocchia, nasconde la faccia tra le pagine della sua "Via al Cielo" e si alza poi più lieta e più rossa dopo aver pregato per i bambini, per Carlinetto e un poco anche per i suoi peccatucci veniali. Vivendo un po' di tempo in un gran magazzino di mode, ha imparato il *savoir faire* di trattare colla gente e una grazietta un po' biricchina, che le mette due fossette sulle gote e una sul mento quando ride. Ha poi dei dentini meravigliosi, bianchi e piccini come grani di riso.

Oggi per la circostanza si è messa indosso tutti i gioielli di sposa, la catena d'oro e i pizzi freschi alle maniche e al collo. I tre invitati, in fila come i soldati, fecero una bella riverenza, presero la bella manina fresca, balbettarono qualche complimento col modo confuso e goffo che usano sempre i giovinastri, quando sono sotto la soggezione di una donna di garbo. Il trattar bene colle donne, specialmente colle più belle e colle più maliziose, non è questione di coraggio, nè d'ingegno, e nemmeno d'aver studiato belle lettere. Anzi niente è più inutile per dire a una bella signora il suo sentimento quanto il sapere molte lingue. Dunque non è meraviglia se, con tutto il suo latino, anche don Procolo non sapesse trovar di meglio che la solita frase:—Ho piacere di fare la sua conoscenza.....

—E io ho piacere di conoscere i miei più tremendi rivali. Carlinetto parla sempre di loro come di antiche amorose. Fra noi dunque ci dovrebbe essere della ruggine e della gelosia, ma oggi è giorno di pace.

—*Pax in terra hominibus*—disse il prete.

—*Et donnibus*—soggiunse Carlinetto con un latino tutto suo.

Si rise ancora una volta tutti insieme. L'Erminia a ridere pareva un campanello. Carlinetto (quell'asino!) acceso in viso d'un bel porporino che tradiva tutte le sue diverse e profonde affezioni, alzando le braccia, lasciò cadere le mani aperte sulla schiena di Battistone, larga come una piazza, e gridò:—Merito proprio d'essere impiccato?—E voleva dire se per una donnina così non c'è il suo tornaconto anche a fare uno sproposito. Battistone capì l'antifona e dopo aver studiata la bella figura della padrona di casa coll'occhio dell'uomo navigato (era stato in Crimea, lui) si volse verso il camino, ruminando non so che *confiteor*.

Ma tutti erano curiosi di sapere com'era andata l'avventura del telegramma. Carlinetto, non volendo che si toccassero certi tasti in presenza dell'Erminia, la mandò via con un grazioso pretesto.

—Vado, vado, non son mica curiosa delle loro avventure....

—Resti, resti...—gridarono in coro.

—Che, che, che....—E ridendo, quella testolina a riccioli, immersa come in un canestrino nell'apertura fresca del colletto di pizzo, scomparve fra le pieghe della tenda. I giovinastri rimasero un poco sconcertati anche dopo, come se la bella donnina non fosse scomparsa del tutto. Qualche cosa resta sempre nell'aria dove è passata una bella donna.

—E dunque, da dove vieni, Battistone? io t'ho aspettato fino alle quattro.

—Vengo da Monza.

—Ti è toccato partire?

—La Ludovina, dopo la scenata di ieri l'altro, era in sospetto e volle accompagnarmi fino alla stazione, anzi fino al vagone, e non se ne andò se non quando vide partire il treno. A Monza son saltato giù e ho preso il tram a cavalli per ritornare a Milano.

—Ahi! ella comincia a sospettare...—osservò il Cavaliere.

—Ma infine che diritti ha questa sora Ludovina?—chiese brutalmente don Procolo.—Non la puoi buttar nel Naviglio?

—È una buona donna....—mormorò il maggiore.

—Quando la serva comanda al padrone, *latet anguis in herba.*

—C'è l'anguilla nell'erba...—E Carlinetto fece seguire alla sua traduzione una lunga risata... eh, eh, eh, eh... Gli altri risposero: oh, oh, ah, ah.... Il fuoco scoppiettava nel caminetto. Gli spiriti si scaldavano strofinandosi.

Il prete stava per dare a Battistone un buon consiglio, ma gli venne in mente la massima evangelica:—Chi di voi è senza peccato scagli la prima pietra...—E poi in queste faccende ne sa più un matto in casa sua, che un prete sul pulpito. Son le circostanze che fanno l'uomo peccatore.

Intesero una grande scampanellata. Carlinetto corse a vedere di chi fosse la manina leggera. Ed entrò il Chiodini con un grosso cartoccio sopra una mano e nell'altra il fiocco del campanello.

—Tu hai una forza di dopo pranzo, caro mio...

—Credevo di essere a casa mia dove ho una serva sorda e bisogna sonar forte—disse l'avvocato, collocando il grosso cartoccio del panettone sopra una tavola e intascandosi sbadatamente il fiocco.—Ho voluto passar di casa a cambiare le scarpe e nella furia ho sbagliato, ho mescolate due paia. Ho calzato le due scarpe diritte e una mi fa veder le stelle. Puoi tu, Carlinetto, prestarmi una pantofola?

—Te ne posso prestar due, anima mia.

—Ti ho portato un panettone. Anche qui, guarda la mia distrazione! L'ho comperato apposta stamattina per averlo più fresco, e due volte sono uscito di casa senza ricordarmi di prenderlo nè la prima, nè la seconda volta. Per cui ho dovuto risalire una terza volta le scale al buio e quasi mi rompo il naso nello stipite dell'uscio.

—Ah vecchio giovinastro! tu hai bisogno di prender moglie.

—M'è capitata l'istessa storia ieri a conto di un cappello nuovo che mi ha portato il cappellaio, che non so più dove l'abbia ficcato. Pigliami dunque col cappello vecchio.... E fa le mie scuse alla tua signora, se vengo a tavola con una pantofola—Il Chiodini, sospinto bel bello da Carlinetto, fece il suo ingresso nel salotto, zoppicando. Fu accolto, col solito schiamazzo, *Isoliti* perdevano la suggestione e sì credevano nella bottega del Paolo. Fecero girare il Chiodini sulla pantofola e tutti si credettero obbligati di dargli un consiglio. La distrazione non può derivare che da un abuso di applicazione. Dunque, *adelante, Pedro, con iuicio...*

Qualche cosa si agitò sotto la tenda, qualche cosa che non era un cagnolino.

Ne uscì un bimbo di forse due anni, con un tamburello al collo, che traballando sulle sue gambe grassottelle, disse:—Cignòli, è in taola.

—Presento Peppinotto. *En avant, monsieur le general*, faccia il suo dovere. Come ti ha insegnato la mamma?

Peppinotto intese che dovesse recitare la poesia del santo Natale, aprì le braccia, fece un mezzo inchino e declamò colla graziosità di chi non capisce nulla:

Co il bambin che dolme in cuna   È il Cignol del mal, del ciel....

Battistone, il reduce dalla Cernaja, non lo lasciò finire. I corpi grossi, ha dimostrato Newton, attraggono i piccini. Se lo prese in braccio e mentre don Procolo misurava al bimbo la grossezza dei polpacci dentro il cerchio delle dita, il cavaliere agitava il pulcinella dietro le spalle di Battistone.

—Tornò la signora Erminia con sua sorella Paolina, molto più giovine di lei, una ragazzona di quindici anni e mezzo, pettinata ancora alla bambina, con due trucioli castagni cascanti sugli occhi, piena di salute e di cuor contento, un po' vergognosa e molto pacifica in tutti i suoi movimenti.

—Questa poi me la prendo io!—disse don Procolo offrendo il braccio alla ragazza che accettò subito.

Battistone e il Cavaliere presentarono insieme il braccio all'Erminia, che li prese tutte e due.

Le scarpe del Cavaliere stridevano come nelle grandi occasioni, e Battistone, sentendo quel braccio leggero e delicato sul suo e quel profumo delicato dei capelli, non poté sottrarsi a un confronto ripugnante, Gli pareva d'aver sul braccio un panierino di fiori. Non era avvezzo a portare dei canestri così leggeri, l'ortolano!

Per andare nel salotto da pranzo dovettero traversare prima la camera da letto, che formava l'angolo della casa.

Una lucernetta nascosta da un paralume, rischiarando a mala pena il passaggio, lasciava lo sfondo nell'ombra, dove biancheggiava confusamente un padiglione bianco e luccicava qualche cornice d'oro.

—Riverenza all'altare!—Disse sottovoce il prete; e Battistone, che sentiva il suo canestro sul braccio, nel traversare quel semioscuro ambiente, provò qualche cosa nell'animo, come sarebbe la paura di cadere da un gradino che non c'è.

Dalle due finestre d'angolo, che davano sulla piazza Castello, si vedevano i lampioni a gas, quasi soffocati dalla nebbia e dalla neve in un cerchio rossiccio. Le cupole bizantine del vicino teatro Dal Verme si appiattavano anch'esse nella notte, senza un respiro di luce, come la carcassa capovolta di un immane bastimento.

Il salottino da pranzo, ben rischiarato da una lampada sospesa e ben caldo, scintillava di posate di pakfond, di saliere, di bicchieri nitidi, Sopra una scansia stavano schierate dodici bottiglie di diversi autori, qualcuna col collo d'argento,

—Qui c'è odor di morto—disse don Procolo, allargando le nari al buon profumo dell'arrosto,—Gli faremo un funerale di prima classe.

Erminia fece sedere don Procolo al posto d'onore. Fra lui e il Cavaliere pose la Paolina. Poi Battistone fra lei e il bimbo. Gli altri in seguito. Bebi, di sei mesi, dormiva in uno stambugietto vicino.

—Immacolata!—gridò Carlinetto.

—Chi è quest'Immacolata?

—Vedrete. Una ragazza d'Airolo, un pezzo di montagna con vigna annessa.

—Vi prego di dare il buon esempio—disse con un sorriso la padrona di casa.

—Fuori l'Immacolata Concezione—gridò il prete.

Venne la minestra fumante.

Altro che pezzo di montagna! la povera ragazza, rossa abbruciata dal fumo della pentola e dalla vergogna, non sapeva come nascondere la faccia e come farsi sottile in certi passaggi stretti fra le sedie e il muro. La signora Erminia, al paragone delle altre due bellezze giovanili in fiore, risaltava ancor più bella per un certo languore di colori e di lineamenti. Quel sangue che mancava a lei lo aveva sulle guance Peppinotto, che scaldato anche lui dal fumo della pappa, pareva una bella ciliegia. Ma il più bello, il più raggiante, colui insomma, che poteva dar dei punti al sole, era Carlinetto (quell'asinaccio) colla sua fronte nuda e lucente, coi pochi capelli biondi irti sul cucuzzolo, avvolto nel tovagliolo come un sommo pontefice nel piviale.

Il paradiso dei mariti gli sfavillava negli occhi, come un uomo che si sente appoggiato da una parte all'amore, dall'altra all'amicizia.

Egli era il signore, il babbo e il nababbo di quelle donne e di quei bambini. Si sarebbe detto, a vederlo, che il pover'uomo, rannicchiandosi nella sua sedia, cercasse di rimpicciolire la sua dignità o di sfuggire a quel troppo di felicità che è sempre di cattivo augurio.

—Cavaliere—gridò il padrone di casa—le mani davanti e gli occhi sul piatto. Voglio che Paolina sia garantita.

—Allora si può pretendere che anche don Procolo metta i piedi sulla tavola.

—*Omnia munda mundis*—esclamò il prete, che cominciava a sbrodolare la coscienza colla minestra calda.

—E Battistone? a che cosa pensi, eccelso Battistone? al povero zio moribondo?

Battistone rideva nella gola d'un riso grasso e affannoso.

—Si possono conoscere questi grandi segreti?—gli domandò sotto-voce l'Erminia.

—No, no, cara signora, mi compatisca...—rispose il capitano, arrossendo come un ragazzo.

—Io credo che il signor capitano sia un giusto calunniato,

—Brava, la mi difenda.

L'anima gentile e buona del capitano Tazza, perduta e impaurita nel fondo di quel suo gran corpo, risentiva nella voce di quella donna un eco della graziosa voce materna. Dopo tanti anni, dopo tante avventure di campo e di caserma, dopo molti smarrimenti per le vie del mondo, l'incontrarsi in una famiglia onesta il giorno di Natale, fra donne giovani e belle, nella confidenza di un domestico abbandono, gli tirava in mente i giorni più belli della sua infanzia, quando tutti siamo poeti per virtù d'inesperienza.

Lilì, la cagnolina prediletta della signora Letizia, che Carlinetto allevava in casa in memoria della defunta, cominciò a piangere in cucina, dove l'avevano legata sotto la tavola, perché non venisse a disturbare gli ospiti. Ma quando questi sentirono la ragione del castigo, non vollero permettere che in un giorno di tanta festa la povera bestiola non avesse il suo piattello a tavola.

Lilì, un gomitolo di peli bianchi, venne a corsa, saltò in grembo a Paolina, appoggiò le zampette sulla tovaglia mugolando di gioia, fissando gli occhi lucidi e neri pieni di gratitudine in faccia al padrone.

Man mano che i piatti e i bicchieri andavano vuotandosi, cresceva il rumore dei piatti e dei bicchieri. La soggezione scompariva da una parte e dall'altra. Alle facezie di don Procolo due o tre volte la Paolina dovette ridere e piangere nel tovagliolo, facendo due belle pozzette nelle guance.

—Quando penso—osservò Carlinetto—che c'è della gente che va a cercare la felicità in America, provo una grande compassione.

—*Felix qui potest rerum cognoscere caussas*—disse, alzando un poco la voce, don Procolo.

—La felicità—disse il Cavaliere—fu definita da un filosofo un albero che bisogna abbattere chi vuole coglierne i frutti.

—Ma Carlinetto—soggiunse il prete—è un gatto che sa arrampicare sulla pianta.

—E chi vi proibisce di fare altrettanto, vecchi giovinastri?

—I sacri canoni proibiscono ai preti di arrampicare. Che cosa ne dice la sora Paolina?

—Io?—disse la ragazza tutta confusa.

—Sì, sì, sentiamo il suo parere.

—Che ne so io di piante e di frutti?

—La biricchina vuol togliere le castagne dal fuoco colla zampa del gatto.

—Eh no, vedete. Essa aspetta che i pomi caschino da sè.

—Lor signori scherzano.

—-Ebbene, sentiamo il parere della sora Erminia.

—Su che cosa?

—Sui pomi.

—È Adamo che ha mangiato il pomo.

—Bene, brava. Parli allora Carlinetto.

—O che sono Adamo io?—

In questi discorsi, a cui dava un sapore gustoso il ripieno del tacchino arrosto, e che sembrano inconcludenti soltanto a chi non ha mai posti i piedi sotto una tavola, la serata passava deliziosamente.... quando si udì improvvisamente una scampanellata così furiosa in anticamera, che fece trasalire i commensali.

—Chi sarà a quest'ora?—disse Carlinetto.

—Zitto—soggiunse l'avvocato—è l'ombra dello zio.

—Va a vedere, Immacolata.

—Che sia la sora Letizia?—pensò in cuor suo il prete.—In paradiso non si mangia di questa mostarda....

Immacolata aveva paura ed esitava a pigliare il lume. Una seconda scampanellata non meno furiosa della prima persuase Carlinetto a levarsi da tavola. Uscì e andò ad aprire. Intanto i commensali che erano arrivati al formaggio, rimasero immobili sulle loro sedie, colle bocche aperte, cogli orecchi intenti, quasi in pena, per paura di una qualche diavoleria che venisse a guastare la digestione.

Udirono la voce di Carlinetto che gridava!—Le dico che non ne so nulla.

—Ed io le dico che è qui...—rispondeva una voce sguaiata.

Battistone si alzò improvvisamente, pallido come un morto e sconcertato come un ragazzo colto dal padrone sulla pianta dei fichi. Aveva riconosciuta la voce della Ludovina, la sua donna di servizio e la sua persecuzione, che non contenta d'aver accompagnato il padrone fino alla stazione, messa in sospetto, era venuta a cercarlo in casa di queste donne.

—Non voglio portarlo via. Voglio soltanto dirgli che è un bugiardo.

—Non mi faccia scappare la pazienza, benedetta donna.

—Non lo porto via. Mi basta verificare ch'è un bugiardone come tutti gli altri....

Così dicendo, la donna cercava di mettere in disparte il padrone e di passar oltre; ma Carlinetto fu pronto a mettere la mano sulla chiave.—Oh insomma, vada fuori dei piedi....!—strillava colla sua voce di clarinetto.

Battistone, confuso, impaurito, supplicava la signora Erminia perché lo nascondesse in qualche angolo della casa; ma non trovando lì per lì niente di meglio, si cacciò ginocchioni sotto la tavola, appena a tempo. La Ludovina entrava sgarbatamente in sala col suo dito teso in atto d'accusare e di svergognare il brutto traditore; ma non trovandolo a tavola, rimase alquanto sconcertata e confusa.

—Ecco, è persuasa ora che ha visto che non c'è?—-disse Carlinetto, affettando un gran sussiego per soffocare la gran voglia di ridere.—È contenta ora della bella figura che ha fatto? Vada, si vergogni, alla sua età! Se io fossi il capitano, vorrei insegnarle io il rispetto.

—Mi scusino....—balbettò la donna, ritirandosi.

—Che scuse! Quando il capitano saprà di di questa scenaccia, non sarà niente edificato.

—Mi scusino....—Tornò a ripetere la donna, mentre Carlinetto la sospingeva verso l'uscio di scala. Quando però essa fu sulla soglia, volle pigliarsi la sua vendetta: e indicando un'ombrella dal manico a becco d'oca che il capitano soleva portare in viaggio, disse colla bocca amara:—Però le bugie hanno il becco d'oca.

Carlinetto non la lasciò finire e chiuse l'uscio con fracasso sul muso della megera.

Allora tutti si abbassarono per trarre il povero avanzo di Crimea dal suo nascondiglio. Sulle prime si ebbe compassione del suo abbattimento, ma poi una sonora risata accolse il povero risuscitato, che colla fronte bagnata e coll'aria d'uomo sfinito si abbandonò su una sedia.

Lilì, che non era in grado di giudicare, cominciò ad abbaiare senza riguardo alla dignità umana.

—Vede che cosa si guadagna a far dei misteri?—disse l'Erminia al capitano con un tono di benevolo compatimento.

—*Oportet ut scandala eveniant*—predicò il prete.

—Chi di voi è senza peccati scagli la prima tavoletta di torrone—gridò Carlinetto, che stava appunto intaccando il suo torrone col coltello.

—Bene, non se ne parli più—comandò la gentile padrona di casa. Capitano, mi dia la mano e mi faccia una promessa...

—Tutto quello che vuole...—sospirò l'omone cogli occhi lustri.

—Carlinetto le darà un buon consiglio—soggiunse la Erminia.—E ora facciamo un brindisi Bebi...

—Viva la sora Erminia!

—Viva la sora Paolina!

—Viva Carlinetto e la sua felicità!

—Viva Bebi!

—Viva la vecchia amicizia!

Bebi si era risvegliato al frastuono e veniva in braccio di Immacolata a cercare il pranzo di Natale. Stese subito le piccole mani alla mamma, che lo accolse e se lo strinse al seno. Bebi era vestito d'un costumino bianco orlato di fiocchetti, un vero gomitolo anche lui come Lilì, con due buchi lucenti.

—Questi bravi signori permetteranno un'opera di misericordia: dare da mangiare a chi ha fame. Erminia sedette innanzi al caminetto in maniera da voltare le spalle ai signori uomini e servì il signor Bebi della sua buona grazia.

Battistone, a cui certe cose facevano l'effetto di una piuma sul cuore, abbassò il muso e s'ingrugnò in un umile silenzio.

Venne il caffè che ciascuno prese come gli piacque, col rhum e senza rhum, in piedi, seduto, accanto al fuoco.

Carlinetto condusse l'avvocato a contemplare la Madonna della seggiola. Anche don Procolo, dopo aver scaldata un poco la schiena al fuoco, dolcemente ispirato dal profumo del caffè, cominciò una predica dolce come la mostarda sulla santità dell'affetto materno, sulla castità sublime della madre nutrice de' suoi figli, che desta il sorriso sulle labbra degli angeli, e citò i versi dell'abate Pozzone:

Se con labbro inesperto il fanciulletto   La giovin madre folleggiando appella....   Qual altro nome di più santo affetto   Ha la mortal favella?

Il Cavaliere messo in vena dal vin dolce faceva esplicite dichiarazioni alla Paolina, che rispondeva per le rime, ridendo, dando di tempo in tempo un bacio sulla testa di Lilì.

—Lei mi fa invidiare la brutta bestia—diceva il vecchio galante.

—Non è poi così brutta. Ce n'è di peggio...—rispondeva la briccona.

Ho detto che don Procolo era in vena di predicare. Dopo che Carlinetto ebbe stappata una bottiglia di Siracusa, il vecchio teologo divenne un padre Segneri. Le citazioni latine traboccavano a proposito e a sproposito dalla memoria scossa in una giuliva ed insolita emozione, come l'acqua da una spugna che tu spremi colla mano. Alzava il calice contro la fiamma della lucerna e nell'ambra splendente del liquore rivedeva come di scorcio il fantasma della sua vita passata e trapassata, dai caldi entusiasmi della prima messa ai rosei tramonti della sua prima parrocchia di montagna, dov'era arrivato quarant'anni fa con un breviario sotto il braccio e un sacco di fede in spalla, dove avrebbe potuto e dovuto rassegnarsi a vivere e a morire, vergine di cuore e di pensieri, fra la povera gente, se il diavolo...

—Sa lei che cosa è il diavolo?—Chiese a un tratto alla Paolina.

—Non, l'ho mai visto...—disse la ragazza.

—Io sì...—aggiunse il povero vecchio, ripigliando il filo delle reminiscenze, alzando di nuovo il bicchiere color dell'ambra a specchio della fiamma. "Il diavolo l'aveva condotto in mezzo a cento insidie e una volta che si sbaglia il primo bottone si sbaglian tutti. Si va giù alla maledetta per i gradini del disordine e il sacco della buona fede si sparpaglia per la strada. Brutta vita quella di predicar bene e razzolar male! brutto quel correr dietro ai morti colle scarpe rotte a mendicare una candela di cera vergine e le due lire e mezza del funerale! Brutti, o bisogni, che fate il vestito rattoppato, intabaccato, e le calze ragnose! Un vizio tira l'altro. Ci si attacca al tarocco, al tabacco, al vin di Stradella.... e si finisce col non capir più nemmeno il latino del papa, il quale anche lui ha il suo diavolo che lo attacca alla roba di questo mondo. E intanto le coscienze precipitano....— Don Procolo indicò anche col dito l'abisso in cui gli pareva di veder precipitare le coscienze—le pecorelle si sbandano, *sitiunt animae* e il pastore è ubriaco...

—No, no, non va bene, non va bene... non va bene....

Il prete che era rimasto solo davanti al caminetto seguitò un pezzo a leggere nello viscere del fuoco quest'eterna filosofia:—*Sitiunt animae* e il pastore è ubriaco. Eppure si potrebbe ancora accendere colla fiaccola gli spiriti morti. Il mondo non si governa colle ciarle. Ben venga il *pastor novus* a predicar la carità e il mondo gli andrà dietro come un gregge solo; ma non deve aver la mitria e il piviale d'oro. Gesù poveretto sarà sempre lui il padrone del mondo...

* * *

Carlinetto aveva menato gli altri a vedere Bebi che poppava. Egli teneva il lume: Paolina s'era inginocchiata in terra e andava posando dei piccolissimi baci sul cucuzzolo del bambino, mentre la mammina, tra il vergognoso e il superbo, abbassava gli occhi per non vedere d'esser veduta.

Don Procolo credette nella sua malinconia di veder il presepio in lontananza. Bebi era il bambino, l'Erminia la Madonna, gli altri i Re Magi e Carlinetto San Giuseppe. E lui don Procolo, lui era l'asino, a cui è stato imposto di soffiare sui figli degli altri. Se il salotto di Carlinetto era caldo e rischiarato, non bisognava dimenticare che la neve cadeva sui tetti, sulle strade, sulle campagne, a seppellire i casolari dei poveri, che non sanno come ripararsi. Perché non mandava, almeno lui prete, un pensiero d'amore ai bisognosi, ai mendicanti, ai malati, agli orfanelli pei quali non v'è nè pane nè panettone? Perché non usciva anche lui, sacerdote e padre dell'amore e della misericordia, a bussare a tutti gli usci dei poverelli e a portare un cesto di pane a chi non ha nemmeno la mostarda per accompagnarlo? Ma la gola tira l'egoismo e tutti e due insieme fanno l'asino del presepio cocciuto contro il bene. Una soave carità scendeva a scaldare il suo cuore. Oh se egli avesse avuto le tasche piene di marenghi, avrebbe voluto attraversare Milano e sparpagliare quel bel giallo sul bianco della neve e *plif e plaf*..... allegri poveretti! Il Signore è nato per tutti...

Il buon vecchio, trascinato a girar come un arcolaio sopra il suo pensiero, mentre, faceva l'atto di buttar marenghi nella cenere del caminetto, cantarellò a voce alta: e *plif e plaf.*

* * *

—Che cosa fa, don Procolo? animo, aiuti la balia.

Così dicendo, Carlinetto collocò sulle braccia del prete il bamboccio gonfio come una mignatta, sprofondato nel cuscinetto, colle gote accese, che aveva accora sui labbruzzi la rugiada.

—Lo tenga sollevato il tempo della digestione.

Carlinetto andò a informare l'Erminia come la Ludovina nell'uscire avesse scoperta l'ombrella della bugia e insieme combinarono d'avvertirne il capitano perché sapesse regolarsi. Battistone, tornando a casa, doveva aspettarsi una scenaccia di gelosia, ma forse l'occasione era opportuna per rompere definitivamente dei rapporti che non facevano troppo onore a un uomo di sentimento.

Battistone, preso in un angolo, stette a sentire tutto umile e raccolto la predica dei buoni amici, riconoscente che lo aiutassero a uscire da una posizione falsa e tratto tratto stringeva la mano dell'Erminia per ringraziarla.

Se si trovasse sempre sulle cantonate il nostro angelo custode, non si sbaglierebbe la strada; ma forse bisogna meritarseli i consigli!

Don Procolo, felice d'aver trovato anche lui un uomo a cui predicare la verità, dondolando Bebi sulle braccia, gli diceva:

—Anche tu correrai dietro a una visione, vorrai salire sulla scala di Giacobbe; ma verrà anche per te il tuo diavolo....

—*Glo, glo*—rispondeva il bimbo.

—E allora con tutta la tua superbia farai fior di spropositi anche tu, o correndo dietro a un diavolo vestito da donna, o correndo dietro a una fissazione, cristiano battezzato anche tu nell'acqua sporca dell'egoismo. Vedrai vedrai che mestiere birbone è la vita...

—*Glo, glo, bu, bu...*

—Tuo padre non è un milionario—seguitava il brontolone.

—Se tuo padre non ti lascerà un milione, la tua mamma ti farà un cuore d'oro....—interruppe l'Erminia, togliendo il bimbo dalle mani di don Procolo, a cui disse in tono quasi di rimprovero:—E lei non me lo strologhi....

Don Procolo crollò due volte la testa, inghiottì qualche cosa di amaro e disse con un mezzo sospiro:—Sono un vecchio scettico, ma credo nella Madonna...

Il prete aveva gli occhi pieni di lacrime.

* * *

La serata finì allegramente.

Carlinetto si ricordò che l'avvocato Chiodini aveva portato un panettone fresco comperato da lui stesso nella bottega del Biffi.

Mandò a pigliarlo in anticamera e subito dopo l'Immacolata entrò col bel cartoccio bianco sopra un vassoio e con un coltello per l'incruento sacrificio.

Carlinetto prese il coltello, tagliò il nastrino, tolse la carta leggera che avviluppava il panettone, e oh vista!.... Non era un panettone.

Sulle prime rimasero tutti stupefatti, ma non tardarono a capire quel che l'avvocato nella sua solita distrazione stentava a spiegare a sè stesso. Nell'uscir in fretta di casa, dopo esservi ritornato a cambiar le scarpe, invece del panettone aveva preso un cappello nuovo nella sua fodera di carta come lo avevano portato la mattina.

Il panettone vero era stato chiuso in guardaroba.

Le rise delle donne e specialmente dell'Immacolata andarono al cielo. L'avvocato più balordo di prima girava intorno gli occhi affumicati, come un uomo che si sveglia e si trova seduto su un cataletto. Questo episodio fece dimenticare la Ludovina e la serata finì serenamente a onore e gloria di Carlinetto.

* * *

Quando i vecchi giovinastri furono nella via, il vento gelato che soffiava dal Sempione sbatté loro in faccia un villano nevischio. Don Procolo arrivò appena a tempo a stringere per un'ala il suo tricorno e ammainò le falde del tabarro. Tutta la piazza era coperta di neve che

115

mandava fuori cento mille scintilluzze sotto la luce tenera dei fanali. Non un uomo, non un cane intorno, non un uscio aperto.

Attraversarono in silenzio la piazza e prima di svoltare in S. Vicenzino, alzarono gli occhi alla finestra d'angolo. Dalla stanza, quella dell'altare, usciva una luce calda attraversata da ombre fuggevoli.

—Sul letto degli uomini felici non nevica mai...—disse uno dei tre.

Dopo cinque minuti gli amici si divisero. Don Procolo si rintanò nella sua stanzaccia gelata vicino al solaio della chiesa. Il Cavaliere, che aveva la fantasia riscaldata e i piedi freddi, andò a bere un puncino nell'unico caffè aperto sotto i portici di piazza del Duomo, dove un uomo generoso trova sempre da pagare qualche cosa a un'anima raminga.

Battistone e per essere coerente a sè stesso e per paura della Ludovina, andò a cercare alloggio all'albergo del Biscione in piazza Fontana. Siccome non aspettavano forestieri in una sera consacrata alle dolci intimità della famiglia, così dovette picchiare alla porta. Il cameriere che accorse gli levò di mano la valigia e l'ombrello e guardandolo in viso con un'aria sospettosa, lo pregò di scrivere il nome e la provenienza sul registro.

L'altro girò un poco la penna tra le dita e scrisse: Capitano G. B. Tazza, Monza.

Il letto gli parve duro e freddo. Certo stava meglio Carlinetto.

L'avvocato Chiodini, in collera con sè stesso prese la strada più corta per andare a casa. Ma sentendo un continuo freddo che gli montava su per la gamba, si fermò e alla luce d'un lampione si accorse di avere una pantofola al posto della scarpa.

La scarpa la ricevette il giorno dopo in un paniere insieme al cappello.

* * *

L'Erminia aveva dato il permesso. Carlinetto doveva l'ultimo giorno dell'anno raggiungere la compagnia nel caffè del Paolo, dove si sarebbe bevuta una bottiglia in onore della vecchia amicizia. Ma poche ore prima don Procolo moriva, pare per un vizio di cuore. Lo trovarono disteso lungo la scaletta che mena alla sua stanza, già freddo da un pezzo.—Da qualche tempo s'era fatto troppo filosofo—disse il Paolo, quando gli portarono la brutta notizia.

FINE PRIMA PARTE

EMILIO DE MARCHI

DA VECCHIE STORIE (1926)

DUE SPOSI IN VIAGGIO

La giornata spuntò serena e limpida per gli sposi, che dopo aver riposato una notte a Como, continuarono il loro viaggio verso la Tremezzina. L'acquazzone del giorno prima aveva posto nell'aria i brividi precursori del non lontano ottobre e le cime dei monti, e specialmente delle Alpi, brizzolate di neve, splendevano sotto un raggio alquanto diluito e raffreddato nell'atmosfera trasparente. Qualche giogo più acuminato usciva dalle altre vette, in un vestito roseo, allegro come quello d'una fanciulletta il giorno di Pasqua, sotto un cielo chiaro chiaro; e scendendo a poco a poco lungo la schiena dei monti, dopo il verde giallo dei pascoli rasi, vedevi il verde bruno dei castani, poi sterratelli bianchi di campi seminati a saraceno, poi ancora i colori vivaci dei giardini e il bianco delle villette, che scappavano innanzi al battello, dolci dolci, come le cartine in un organetto a manubrio.

Bastiano, lo sposo, stando in piedi, osservava queste meraviglie con un cannocchiale da teatro, che si era fatto prestare da qualcuno, e quando una folata d'aria l'investiva più fortemente, di sotto alle lenti, incartocciava la faccia, socchiudeva gli occhi, con quella espressione dolorosa, che hanno certe slavate sindoni d'altare di campagna.

Si era anche abbottonato il suo bel soprabito d'autunno color d'uva passa, tutto fino al bavero, ma di sotto, la valigietta dei denari, posta a tracolla, e in croce a questa l'astuccio del cannocchiale, cadendo sui due fianchi, facevano un rigonfiamento in fondo alla schiena, che dava delle arie d'inglese al signor Bastiano Malignoni di Monza.

Nel passare sul battello dimenticò d'essere un uomo alto e urtò il suo cappello nuovo, incatramato, d'un bel taglio tutto monzese, contro un voltino, facendovi dentro un'ammaccatura a triangolo, che egli portava, senza saperlo, con una certa dignità.

Prima ancora d'arrivare a Torno, ebbe un battibecco col revisore dei biglietti, perché gli sposi avevano in fallo occupati i primi posti coi biglietti dei secondi: fatto sta che il signor Bastiano dovette in faccia a tutti i signori e a tutte le signore inglesi pagare una differenza,

117

arrossendo fino alle orecchie, come s'egli avesse avuto intenzione di non dare a Cesare quel ch'è di Cesare.

Spiegò poi l'abbaglio a Paolina, dimostrandole come sui "bastimenti d'acqua" quel che è primo per i vagoni di terra diventa ultimo, e quel che ivi è ultimo qui diventa primo, precisamente come vedremo nella valle di Josafat, il giorno del giudizio universale.

Paolina, la sposa, stava zitta, come se non gliene importasse, e continuava a girare sopra sè stessa in contemplazione di tutto lo spettacolo che aveva intorno, voltando per caso un poco di spalle al marito.

Essa vestiva un abito povero, povero, color ferro brunito, ma la sposa di provincia la si conosceva all'oro giallo della sua guarnizione, al cappellino col pettirosso schiacciato in un angolo, cinto da una gran veletta celeste, che svolazzava, stridendo e folleggiando sulla testa, sulle guance, pallide, e sul collo, con vibrazioni serpentine.

Il sole dopo uno svolto, la investì in un momento che Bastiano risaliva il ponte, talchè, in vederla, gli parve che al luccicar delle gioie e al contrasto del sole sulla veletta, ella si accendesse come una fiamma di spirito di vino. Gli parve anche di essere alto come il monte Bisbino, che stavano girando, e che non bastasse ancora a contenere tutta la sua felicità.

Paolina era la prima in trentasei anni di vita che egli aveva amato, o almeno la prima, sulla quale avesse voluto fondare un pensiero con qualche conclusione; e a vedersela ora davanti, a due passi, "bella come una rosa" il signor Malignoni non invidiava nessuno de' suoi vicini, nemmeno quell'inglese o americano, che da una mezz'ora andava contando monete d'oro e d'argento.

—Sei contenta?

—Sì, un po' freddo.

E si stringeva in uno scialle scozzese, come se volesse farsi poca e sparire.

—Hai fame?

—Nulla.

—Io ho fame.

—Io no.

—Vuoi che andiamo nella sala di sotto?

—No, stiamo qui.

—È bello, non è vero che è bello?

—Sì, molto.

—Vuoi un caffè o una tazza di birra?

—Ti pare? Sto bene.

Tornavano a tacere per un pezzo.

Quelle rive strette fra l'acqua e il verde dei monti, quel succedersi di colori dai più chiassosi ai più delicati, dal vino al latte, da una villetta di zucchero a una incassatura rocciosa e tosta, irta di punte; quel succedersi di artifici per andare a godere una spanna di sasso, una bricca, un pratello largo come un fazzoletto, quell'aprirsi sfacciato di nuovi immensi bacini d'acqua, pieni di azzurro e di luce, là dove pareva che fosse tutto finito; e il chiacchierare della gente ad ogni stazione fra il battello e la riva, fra chi scende e chi sale; e il tonfo misurato delle ruote; e il suono della campana che ridesta gli echi dei pascoli, quello spettacolo insomma mosso e chiuso fra due coperchi lucidi ed opalini, l'acqua e il cielo, occupava l'anima di Paolina, se pure non si deve credere ch'ella facesse di tutto per occuparsene.... La natura le si dipingeva innanzi bella ed innocente, ed essa, contenta di trovarsi fra la gente e sotto il raggio di sole, avrebbe voluto che il viaggio non terminasse più, che le Alpi si aprissero per dar luogo a un altro lago sterminato.

Il bacino di Argegno, malinconico più degli altri, rispondeva all'ordine dei suoi desideri e guardando su ai nudi ceppi delle montagne, alcune delle quali a picco, alle creste disabitate, a certi andirivieni di luoghi dirupati, si augurava in cuor suo di esservi, non importa se perduta, se di notte, o in mezzo alla bufera.

Si doveva stare tanto bene in una nicchia, lassù, dove mirava un uccellaccio. Vedeva anche qualche muricciuolo di cimitero; il dormire lassù per sempre all'ombra dei faggi e dei castagni, con una povera croce sul capo, anche questo le pareva bello in quell'istante che il suo Sebastiano l'aveva lasciata sola per scendere a mangiare un boccone.

Man mano che si procedeva verso Bellagio il battello si faceva sempre più affollato; tutti correvano alle regate.

Le ville portavano la bandiera; i sandolini dipinti colle signorine dentro tutte a fiori, a nastri, a parasoli bianchi, verdi, rossi, cilestri venivano in frotta come delfini a prendere l'onda del vapore; s'intendevano strilli di gioia e campane a festa; il largo bacino di Menaggio cominciava a spalancarsi in una grande scena scintillante, circonfusa d'una nebbia rosea; si udivano anche gli spari dei mortaretti; poi il suono delle bande che passavano nelle barche sotto "gli elmi di Scipio"; venivano acuti profumi dalle serre e dagli spallierati dei limoni; erano tutti in festa, povera Paolina! Si svegliarono anche le dame inglesi, anche le più vecchie in un gran bisbiglio, sotto i grandi panieri dei loro cappelli e segnavano col dito "Belaccio, Belaccio".

Questa era la meta dei nostri sposi.

La gente cominciò a discendere accalcandosi.

Bastiano stava attento a schivare gli Hôtel, e pregava Paolina di cercare cogli occhi la Trattoria Americana, dove si mangia bene, il sonno ciascuno se lo porta, si paga poco e si sta senza soggezione; ma in quel punto un signore, un vero gentiluomo, pulito e cortese come un buon padre di famiglia, gli tolse la valigia di mano.

—Americana? Americana?—Domandò Bastiano.

—Oui, par ici, monsieur.

Il buon signore passò la valigia a un altro signore coi favoriti biondi, che la buttò sull'imperiale di un omnibus.

—Entrez, monsieur, entrez.

—Americana?—tornò a domandare Bastiano, sentendosi sospinto come un sacco, e non accorgendosi che col parlare a monosillabi non faceva che ribadire un'opinione storta nella testa dei due bravi signori.

Si trovò, prima che potesse orientarsi, insaccato nell'omnibus fra una dozzina di "yes" lontano sei posti da Paolina.

In due trotti, ossia cinquanta passi per cavallo, l'omnibus si fermò innanzi al grand Hôtel Bellagio. L'albergo era chiuso in giro da una gran cancellata a punte d'oro, che serrava un gran giardino all'inglese: non c'era scampo, bisognava rassegnarsi. Alla fin fine il viaggio di nozze non lo si fa che una volta sola.

Un giovinetto biondo come il lino, in falda nera, colle scarpettine alla francese, pettinato anche lui come uno sposino, li precedette per uno scalone di marmo, ornato di statue, di candelabri, di specchi, di acacie, tintinnando le chiavi e senza mai parlare li condusse "au cinquième" fino a una camera che riusciva sopra un cortile stretto, profondo e tetro come un pozzo.

—A onze heures le déjeuner, s'il vous plait—disse stando sull'uscio prima di licenziarsi.

—Cosa?—Domandò Bastiano, che cominciava a credere d'essere nel mondo della luna.

—C'est bien—si affrettò a dire Paolina per sbarazzarsene.

I coniugi Malignoni, rimasti soli, si guardarono in faccia senza aprir bocca.

—Ti avevo pur detto di stare attenta all'Americana.

—A me? Tocca a me di cercare l'albergo?

—Così, oltre a pagare un occhio della testa, non si potrà veder nulla, mangiar nulla e capir nulla.

—Abbiamo però una bella vista, disse con un sogghignerò sardonico la sposina, ficcando lo sguardo nel fondo del cortile.

—Per me, scusami, ma io non ci sto, esclamò lo sposo.

—Che vuoi fare?

—Vuoi morire di febbre gialla o d'itterizia?

—Ebbene, di' che ti cambino la stanza.

—Non capiscono niente: sembra il paese dei tartari.

—E allora rassegnamoci fino a domattina.

—Sai cosa faccio? Vado a vedere dov'è questa famosa Americana, e se il luogo è proprio come dicono, lasciamo la valigia e pranziamo là. Almeno si sa quello che si mangia. Che ne dici?

—Io? Nulla.

—No, devi dire anche il tuo parere.

—Che cosa devo dire?

—Qualche cosa.

—Andiamo a pranzo all'Americana.

—Me lo dici con tanta noia.

—Ti pare? Sono un po' stanca.

—Allora, faccio così?

—Sì, sì.

—Addio, angelo.—E la carezzò colla punta delle dita.

—Io ti aspetto qui.

—Sì.... e mi vuoi bene?

—Che ragazzo!

—Stella!

Bastiano uscì. Paolina girò la chiave nella toppa, si tolse d'addosso lo scialle, il casacchino, li gettò sul letto insieme al cappello; chiuse la finestra; si buttò in una poltrona, portò il fazzoletto alla bocca e pianse, senza lacrime, pianse della gioia di trovarsi sola.

Bastiano uscì all'aria aperta colle orecchie un po' calde. Sotto alla sua grande felicità sentiva una mezza volontà di strozzare qualcuno. Passata però la prima agitazione e scoperta la sua Americana sotto i portici, un buco fatto apposta per loro, tornò tutto contento all'albergo a trarne la sua povera "alma consorte" che aveva lasciata in quella muda lassù. Quando gli sembrò di essere salito alto abbastanza, si ricordò di non aver osservato prima il numero della stanza; discese qualche scala per vedere di orientarsi coll'occhio; infilò qualche corridoio a destra, qualche andito a sinistra, ma sebbene non ci fosse dubbio che la scala fosse quella stessa, pure gli pareva di vedere qualche cosa di non veduto prima.

Per quanto gli pesasse, discese ad uno ad uno i gradini, fino all'atrio del pianterreno, si accostò all'ufficio, dove stava scrivendo un signore grasso, e domandò con tutta bella grazia:

—Perdoni, mi saprebbe indicare dov'è la mia camera?

—Il numero?

—Non ho guardato.

—La chiave?

—L'ho lasciata nell'uscio.

—Domandi al cameriere.

—Meno male! Pensò Bastiano, questi almeno capisce l'italiano, e si voltò a cercare quel biondino che l'aveva condotto su.

Due altri servitori o sopraintendenti stavano sulla porta, colle mani sotto la coda dell'abito, in atto di curiosità sfaccendata.

Bastiano, non trovando il suo bel biondino, ricominciò da capo a salire la scala colla speranza che hanno tutti gli scolari, che per andare in fine della lezione spesso conviene ricominciare da capo.

Mentre andava su coll'affanno di chi porta un sacco di sale sulla montagna, vide che i due sopraintendenti l'osservavano, rìdendo sotto il naso.

"Questi animali se mi vedessero annegare non mi darebbero una mano."

Ricordando d'aver inteso uno di quei bravi signori, il più canonico, a parlare il dialetto di Bellagio, che è anche quello di Monza, spinse la testa fuori della ringhiera ed esclamò in dialetto schietto:

—Vogliono avere la bontà quei bravi signori d'indicarmi il mio cameriere, un bel biondino?

—Was? domandò il tedesco di Bellagio, andando presso la scala col viso rivolto all'insù e le mani sotto la coda.

—Un giovinotto magrino.... tornò a dire.

—Was sagen Sie? Ripeté il canonico, mentre il suo compare si nascondeva dietro una colonna di marmo per non lasciarsi scorgere a ridere.

—Ah gabbiano! Gridò Bastiano, facendo il viso grosso.

Il compare dalla colonna scappò in uno stanzino. Era una burletta magnifica.

—Signor padrone, seguitò Bastiano dall'alto della seconda scala verso il bravo e gentile signore dell'ufficio, io pago anch'io i miei bravi denari come tutti gli altri, e pretendo di essere servito come tutti gli altri. Vogliono accompagnarmi si o no?

Il bravo signore uscì dall'ufficio colla cannuccia rossa nell'orecchio e rispose:

—El xe inutile che facciate tanto strepito, galantomo; se no gavè a memoria il numero de la stanza no potemo tenere a mente tutti li numeri....

—Ma quel cameriere che mi ha condotto prima, è morto d'accidente, el me caro galantomo? strillò il signor ragioniere Malignoni di Monza, rosso come un gallo, correndo abbasso, presso quasi a perdere la tramontana del tutto: tanto straordinario gli pareva là dentro il nome di galantuomo!

In quella entrò una carovana di ladies e di lords, colle sciarpe bianche nei capelli, cogli scarponi ferrati, cogli alpenstok e riempirono tutto l'atrio.

—Faccia el favorito piacere di non gridare. Quando non si sa viaggiare si sta a casa.

Questa osservazione piena di una saggezza antica fu raddolcita da un "aspetti, abbia pazienza" più amichevole, quasi fraterno, col quale il buon signore dava a vedere una prudenza non meno saggia e non meno antica.

Ma la notizia che un "monsieur" non trovava più la moglie, messa in moto dai due burloni, aveva già fatto il giro di mezzo albergo, dalla cucina alla sala di lettura. Dietro i vetri si vedevano dei visini pallidi e gentili, con un sorriso anglo-sassone sulle labbra, fra la pietà e la canzonatura: da un andito dietro la scala spuntò per un istante anche la tunica bianca di "monsieur le chef", un cuoco che guadagnava otto mila lire all'anno, quante sono, o quasi, le notti necessarie per fare un libro che nessuno legge.

Uscì fuori finalmente anche il biondino, che condusse lo sposo per una seconda scala identica alla prima, ma collocata al di là d'un grazioso jardin d'hiver; qui stava l'imbroglio che il signor Malignoni non aveva potuto districare.

L'aneddoto del "countryman" che in un Hôtel d'Italy aveva perduta la sposa, fu stampato in molti magazzini letterari con qualche variante, come si fa coi grandi poemi epici.

* * *

Gaspare Carpigna aveva fatto i suoi molti denari in ogni maniera, coll'industria, coll'usura, coll'inganno. Ma una volta fatti non vi era uomo più galantuomo di lui e ben disposto a godere onestamente dei beni di questa vita. Invecchiando si era dato anche alla pietà, e faceva recitare molte messe da morto, invitando il prete a far colazione nella sua bella casa di Macagno, dove aveva giurato di passare i suoi ultimi giorni in santa pace.

Stava per maritare anche la figliuola a un ricco possidente di Novara, un bel partito per la figlia d'un carbonaio all'ingrosso; e siccome il cuore di Gaspare Carpigna non era chiuso ai soavi affetti della famiglia, e per la sua Isolina egli sentiva una tenerezza singolare, così si può pensare se a quel matrimonio egli si preparasse con allegria, con compiacenza, con un fervore insolito che lo ringiovaniva.

Già i preparativi erano fatti, fatte le pubblicazioni; lo sposo aveva già regalato un bello astuccio di brillanti e le parenti lontane chi un vaso di cristallo, chi un ventaglio di madreperla, chi un braccialetto, ecc. Isolina, assistita da una sua zia materna, poichéla mamma era morta da un pezzo, attendeva il gran giorno con estasi. Lo sposo era bello, ricco, simpatico.

La vecchia casa detta del Zoccolino, che il Carpigna aveva acquistata per il fallimento d'un suo socio, rimessa a nuovo e rinfrescata in tutte le parti, non pareva più quel lurido filatoio di una volta, dove il povero Battistino Dell'Oro, fallito, rovinato, rosicchiato dai debiti, si era impiccato per la disperazione a un gancio del portone. Si diceva sommessamente che il Carpigna avesse aiutato una mano a rovinarlo e che la messa ch'egli faceva dire ogni 23 dì settembre avesse lo scopo di versare un secchio d'acqua sopra una pover'anima del purgatorio, se c'era bisogno. Ma eran cose vecchie di trent'anni fa, forse anche di più. Scomparso il filatoio, al suo posto sorse una bella casa bianca col portone di cotto, colle persiane verdi, col giardino degradante a scalinate verso il lago, il Zoccolino insomma, come può vedere ancora chi naviga verso Macagno sul lago Maggiore.

Il giardiniere aveva addobbato il giardino a bandiere e a palloncini cinesi, e la notte prima del sacramento fu un continuo sparo di mortaretti e un gran suonare di chitarre nelle barche illuminate.

Quelli dell'altra riva del lago, vedendo quei fuochi, dimandavano:

—Che cosa c'è al Zoccolino?

—È il Carpigna che marita la figliuola.

—Sposerà qualche altro ladro usuraio.

—Quando uno è ricco, c'è sempre chi dice che ha rubato.

—Volete sentirla, voi che parlate così?

Questi discorsi erano fatti da un gruppo di pescatori, che stavano fumando la pipa innanzi all'osteria di Cannero, sull'altra riva. C'era dunque il lago di mezzo e tanto largo che vi potevano affogare tutte le verità della nostra santa religione.

—Sentiamola, poiché la sapete.

—Quel povero Battistino io l'ho conosciuto. Gli portavo la legna ogni settimana e so che gli affari non gli andavan male anche con quattro figliuoli. L'uno fa oggi il contrabbandiere colla Svizzera, una vita da ladri, sapete, e dice che un giorno o l'altro metterà lui la dinamite al Zoccolino. Fu lui che gli toccò staccare suo padre dal portone quella mattina, ed è un fegato sano che non ha paura del buio.

—Che cosa c'entra il Carpigna che ha sempre negoziato di carbone?

—C'entra che Battistino gli aveva prestato sessantamila lire, sulla parola e che il Carpigna negò di averle ricevute mai. Ecco come c'entra.

—Fu una bestia a fidarsi.

—L'aveva tenuto a battesimo, pareva un santo a vederlo in chiesa, quando pregava la croce sull'altare.

—Son peggio degli altri.

—Quello fu il principio della sua fortuna.

Dall'altra parte del lago si gridava invece: Viva la sposa! viva gli sposi! viva il signor Gaspare!—C'erano trenta o quaranta persone, tra invitati, parenti, barcaiuoli e persone di servizio. Nel salone di mezzo a pianterreno, aperto sul giardino, la tavola preparata per la baldoria luccicava di bicchieri, di trionfi di vetro, di confetti, senza dir nulla delle torte, dei marzapani, delle gelatine, che avevano fatto venire da Locarno. Sopra una scansia presso il muro una batteria di bottiglie dal collo d'argento aspettava il momento di scendere in battaglia. Dal giardino ogni soffio più vivo del vento portava dentro un profumo acuto di limoni misto al profumo caldo delle vaniglie e dei gelsomini.

Isolina, bella, allegra, saltellava come una gattina nella sua innocente giovinezza, finché tutti sedettero a tavola e fu stappata la prima bottiglia di vin bianco d'Asti, che inondò della sua spuma d'argento l'abitino della sposa.

—Viva la sposa, viva l'allegria!

—Viva il signor Gaspare, padre fortunato.

—A rivederci al battesimo.

Gaspare Carpigna provava nel cuore la dolcezza malinconica del padre che vede la figliuola spiccare il volo dal nido, ma sa che va ad essere felice. Isolina era per quell'uomo taciturno e mezzo selvatico, l'unico ideale al mondo, e si può dire che i denari egli li avesse radunati soltanto per lei. Era contento di maritarla bene e con onore. Caspita! oltre il corredo le dava un trecentomila lire sulla mano, e il resto alla sua morte.

Il vin d'Asti e il vecchio Barolo di dodici anni non furono versati nel lago. L'allegria come avvien sempre in queste circostanze, un po' tiepida e sconnessa in principio, cominciò subito a levare il bollore. Gli spiriti fremevano come pentole a buon fuoco. A destra e a sinistra del viale splendevano le ghirlande dei palloncini, un rosso, l'altro verde, l'altro bianco, come una bandiera d'Italia, Dal lago veniva sulle onde l'onda d'una serenata strimpellata in un canotto a palloncini gialli, e già il segretario comunale col calice in mano, cogli occhietti umidi, stava per leggere una poesia, quando entrò il fattore che aveva una cassettina in mano, chiusa, piegata in una carta e suggellata.

—L'ha portato un uomo,

—Un altro regalo per la sposa,

—Dalla qui, Pietro.

Isolina prese la cassettina, e pensando subito a una sua amica di Luino, la collocò sulla tavola, tagliò i suggelli col coltellino d'argento, spiegò la carta che l'involgeva. Era una cassettina rettangolare, di legno di pino, come si usa per i pettini, rustica, bianca con su scritto: Alla sposa.

Isolina l'aprì con quella viva curiosità che eccitano le cose misteriose. Vide una lettera, e sotto dei frastagli di carta a vari colori, con riccioli d'oro, e più sotto, uno strato di crusca.

—Segretario, legga lei la lettera,—disse Isolina senza guardarla.

Il segretario lasciò via il sonetto, prese l'altro foglio e con quella medesima intonazione, a cui aveva già preparata la bocca....

Dirò prima che l'attenzione degli astanti era stata richiamata sulla cassettina dal vedere Isolina che vi rimestava colle mani, e ne traeva della crusca, ponendola di mano in mano sul piatto assieme ai confetti.

Il segretario lesse dunque, anzi declamò: "A Gaspare Carpigna, lettera dell'altro mondo".

A tutti parve una frase comica e pazza fatta per ridere; chi rise, chi alzò la mano, chi il bicchiere.

E il segretario, distratto come un'oca e colla testa piena di fumo continuò: "Carpigna, alla dote di tua figlia aggiungi anche la collana di Battistino dell'Oro".

Tutto ciò fu letto come un sonetto, nel tempo che l'Isolina colle manine bianche e piene di diamanti traeva dalla crusca una cordicella nera, grumosa, grossa come il suo dito mignolo, lunga come una vipera comune, che, inorridita, lei lasciò cadere, che parve proprio una biscia morta. Gettò un grido, storcendo la bocca, alzando le due mani colle dita rigide, adunche, mentre un silenzio profondo, un silenzio brutale, un silenzio di ghiaccio sottentrò alla festa, e cento occhi bianchi, cento occhi gelati si fissavano sul viso incartapecorito del signor Gaspare. Un buffo d'aria stortò le fiamme delle candele.

La sposa fu portata via. Quando andarono a risvegliare dal suo deliquio il signor Gaspare, ch'era rimasto colla pupilla di vetro sulla biscia morta, gli trovarono le mani fredde, i piedi lunghi e la bocca piena di sangue. Soltanto i capelli parevano vivi sul capo.

Intanto sull'alto picco della Zeda, un contrabbandiere sfidava il buio fischiando, cantando

Sposettina, vien con me....

* * *

Chi non conosce i boschi dell'alto Milanese, detti boschi di Saronno, di Mombello, di Limbiate, può immaginare una stesa di selve, sopra un terreno disuguale, una volta incolto e oggi piantato a pini silvestri e a qualche rovere, che è quanto la terra, oltre le eriche e il bruco, può sopportare. Queste piantagioni non sono molto antiche e appunto per ciò, non sono molto note. Della maggior parte si ricordano i nostri padri d'aver veduto i primi germogli, quando ancora quel nudo tratto di paese non era che una nuda sodaglia. Oggi il bosco è maturo, non dirò per i ladri, che non vivono più per i boschi, ma per tutti coloro che amano le meste solitudini e sognano sempre, quando sono in un luogo, di trovarsi in un altro.

A me questi boschi ricordano per esempio, certe solitudini dell'antica Caledonia: e il più bello si è che in Caledonia non ci sono mai stato. Ma non si è letto inutilmente a dodici anni una dozzina di romanzi del Walter Scott, seduti all'ombra di un'antica quercia, o anche solo sul pianerottolo della scala. Se non è come in Scozia, vi son tratti nei boschi di Limbiate che potrebbero essere trasportati in Scandinavia e allora è ancora più bello per chi ama viaggiare a piedi. Le piante d'un verde scuro perenne, di un fusto magro e diritto, che si apre a larga piuma o a ombrello, collocate a migliaia l'una presso l'altra in una disposizione quasi simmetrica, e così per l'estensione di cinque o sei miglia: i viali che tagliano questi eserciti di piante e si prolungano, si sprofondano nel verde a perdita d'occhio: le forre di altissime erbe filiformi dove non entrano che i bracchi: la terra gialla, rotta da immensi crepacci dove la picchia il sole: molle, melmosa, scivolante come il sapone dove l'acqua stagna: gli scoli d'acqua piovana che scendono a formare pozze, paludi, laghetti, e fin dei laghettoni perenni circondati da conifere con increspature e piccole tempeste sconosciute al mondo, come quelle delle anime modeste: e poi aggiungete un silenzio profondo, non interrotto nemmeno dal solito stormire delle fronde (il pino è taciturno) e i chiarori celestiali e mistici dell'aria al disopra di tanto verde, e le fiamme vaganti del tramonto veduto attraverso alle fessure del bosco.... tutto ciò voglio dire, mi ha tante volte trasportato fuori di me in una regione dove io sento che son vissuto un'altra volta, forse diecimila anni fa.

Oh la poesia, amici, è pur la dolcissima cosa! Voi uscite un mattino d'autunno, con un libro, mettiamo Aleardo Aleardi, nella tasca del carniere, col fucile ad armacollo, col vostro cane che vi saltella innanzi, girate dietro le case, pigliate verso il cimitero vecchio, date un'occhiata a quei poveri morti e a quella croce bianca dove da cinquant'anni dorme una contessina morta.... No, no, non è poesia.

Io fui innamorato a sedici anni di quella contessina, ed è una storia che ho promesso di contare qualche volta. Io l'ho seguita attraverso alle ombre del bosco, più contento quanto più le nebbie del novembre entravano fra le piante a rannuvolare i contorni della selva.

Una mattina, giusto sui primi di novembre, mentre io correvo prima di colazione attraverso la pineta, pensando al mio futuro poema sulla Risurrezione dei Morti, fui a un tratto arrestato da una fiamma che si agitava in fondo, e che stentava quasi a rompere il velo bianco e gelato dalla nebbia. Anche Pill, il mio cane da caccia, si fermò su quattro piedi, col muso in alto, e la piccola coda piena di meraviglia. La Cherubina mi aveva detto prima ch'io uscissi di casa che si sarebbe fatta colazione alle undici, più tardi del solito, perché si aspettava mio fratello coi parenti della sposa.

Da due giorni si lavorava in cucina a preparare quella colazione, che doveva essere un banchetto di Sardanapalo con un piatto di selvaggina e un brodo ristretto che pareva giulebbe. L'importanza d'una casa si conosce a tavola e mio padre voleva, come si dice, far colpo su della gente un po' materiale.... Ma sono cose che non hanno nulla a che fare con quella fiamma che, come ho detto, si agitava in fondo al bosco e che stentava quasi a rompere il velo fitto della nebbia.

Strano un fuoco nei nostri boschi! Man mano che io mi avvicinavo, la fiamma si faceva più distinta, e già si potevano vedere nel chiarore rosso del fuoco disegnarsi alcune figure radunate in cerchio come a un tristo complotto di negromanti.

La solitudine e la selvatichezza del luogo che s'internava in una specie di crocicchio: quelle ombre ballonzolanti sul fusto delle piante al mobile ed acceso riflesso della fiamma fumosa e resinosa, avrebbero ben potuto far credere a un convegno di malviventi, se dopo alcuni passi non avessi riconosciuto le gambe lunghe e magre del signor segretario comunale, e accanto a lui la figura tozza del console e due o tre guardie campestri.

Il console s'era seduto in adorazione del fuoco sopra un pezzo di tronco. Battistino, una delle guardie campestri con un ginocchio a terra cercava di far saltare un carbone acceso nel buco della pipa, mentre il signor Boltracchi, il segretario, scaldava le parti meno rispettabili della sua persona, voltando le spalle al focolare, colle gambe aperte come un compasso. Quella brava gente si trovava da qualche ora nel bosco e col freddo del novembre e coll'erba bagnata di guazza, sentiva volentieri il beneficio d'una scaldatina.

Il console quando mi vide, toccò l'orlo del cappello colle due dita e disse:

—Riverisco, sor avvocato.

Il buon uomo era un mio contadino e nella sua semplicità sentiva un grande rispetto della mia persona.

—Che cosa fate, la polenta?—domandai.

—È per cagione di quel Gasparino della Vela,—rispose il console con quel linguaggio lungo che è proprio dell'alto Milanese.

—Che cosa ha fatto Gasparino della Vela?

—È morto.

—Era malato?

—Da un mese, sor avvocato, un poco di pellagra, ma bisogna dire che gli sia andata ai visceri del capo.

—Se non ho sentito a suonare l'agonia.

—Si muore anche senza la campana,—interruppe Battistino colle parole mozze di chi ha in bocca una pipa corta che gli abbrucia quasi le palpebre.

Il signor Boltracchi mi accennò col pollice sopra la spalla qualche cosa alla sua destra. Guardai e vidi il mio Pill quasi stecchito sulle sue quattro gambe, che tremava tutto sotto la sua pelle.

A un nuovo cenno del Boltracchi feci un mezzo giro sopra di me, guardai indietro presso le piante e allora scorsi sul terreno molle per la pioggia del dì prima, un non so che, coperto da una stuoia di carro e da una gualdrappa logora, e sotto un po' di paglia. Da uno dei lati uscivano due piedi lunghi, magri, infangati, colle unghie lunghe, due brutti piedi che parevano quelli della morte, i piedi insomma del morto.

—O Dio, che cosa è stato?

Il console stendendo le sue mani alla fiamma, continuò col suo tono naturale:

—Gli è venuta addosso la scalmana, si vede. Stamattina, la va bene? Mentre la sua donna era a messa aprì l'uscio, traversò l'orto e nudo come è uscito dal ventre della sua mamma, prese la via dei boschi.

—Dev'essere passato dal laghettone di Mombello.

—Ci sarebbe rimasto, se fosse passato, perché l'acqua è alta. Invece si vede che ha traversato il vallone della Merla, si è cacciato nei boschi vecchi di Lenzano e andò a finire alla pozza del Vetro. Qui ha creduto di poter traversare, ma c'è rimasto preso al visciaio.

—C'è una terra che par giusto liscivia.

—Son passato ieri dalla pozza del Vetro e non c'era un barile d'acqua.

—Ne è venuta un poco stanotte.

—Si è mandato ad avvisare il sindaco e il maresciallo,—disse il segretario voltandosi davanti alla fiamma.

—Non era vostro parente?—domandò Battistino al console.

—Ha sposato una mia sorella, sicchè lascia tre figliuoli. Uno è soldato.

—Adesso potrà venire a casa, se è morto il vecchio....

—La legge non permette se non ci sono dei minorenni,—disse gravemente il signor Boltracchi.

Pill, coll'unghie tese, col muso avanti, rigido come un cane di legno, non cessava di fiutare il morto.

—Lo sa la sua donna?

—Quando è tornata dalla messa che era ancora buio, verso le cinque, la va bene? trovò l'uscio aperto. Allora capì che il suo Gasparino era scappato, perché aveva tentato un'altra volta, di scappare. Si mise a gridare, a chiamar gente. Venne un ragazzo dei Melgoni a dire che aveva veduto un uomo nudo come un verme che correva nei boschi e che era Gasparino della Vela. Allora si è cominciato a cercare nel bosco e si sono trovati dei passi freschi colla pianta delle dita. Cerca di qua, cerca di là, poi abbiamo incontrato voi Battistino, la va bene?

—Io venivo da Bovisìo, dov'ero stato a portare un paio di stivali al calzolaio, perché mi mettesse le calcagna e giungo alla pozza del Vetro, quando mi par di sentire un scialacquamento come fa il mio cane quando ha caldo ed entra nella pozza a lavare le pulci. Ho creduto anzi che fosse il Pill del signor avvocato, che viene volentieri incontro quando sa che vado per i boschi. Anzi mi fermai e chiamai forte: Pill.... Torno a sentire un ciuf-ciuf nell'acqua. Pill! dove sei?... e fischio, così.... mentre vado verso la pozza dietro il rumore....

Battistino, prese la pipa colla sinistra, e mandò un sibilo acuto da cacciatore che risuonò per tutta la solitudine. L'altro villano, che non aveva mai parlato e che conobbi per il Rosso, sorrise colla sua faccia cretina di ranocchio.

—Pill.... Non sentendo più nulla, vado giù verso la pozza e trovo quel povero cristiano in un boccale d'acqua tutto impastato come un mostro nella melma, che aveva trovato la maniera di annegare.

—È la pellagra che mette una sete d'inferno.

—Capita spesso alla bassa che i malati si buttano nel pozzo.

—Vi sarete spaventato, Battistino.

—Non è la prima volta. L'anno scorso vi ricordate quel matto di Mombello che scappò dallo stabilimento e che s'impiccò fra due piante? L'ho visto pel primo una mattina di gennaio. Era arrampicato sopra un pino altissimo dove attaccò la corda; poi andò sopra un'altra pianta più alta e attaccò l'altro capo, e Dio sa come poté impiccarsi a mezz'aria all'altezza d'un campanile.

—I matti hanno una gran forza.

—M'è toccato vederlo tra il chiaro e il fosco. Il freddo aveva gelata anche la corda e il matto pareva di vetro.

—La Bortola del sarto ha vinto cinquantasei lire coi numeri del matto.

Il Rosso rise ancora gonfiando gli occhi slavati.

—Quello era un conte diventato matto per i liquori.

—Chi troppo, chi nulla....

—C'è qui il maresciallo.

Venne anche il sindaco e il dottore. Il cadavere fu scoperto. Pareva una mummia ingiallita. La creta gli riempiva ancora la bocca e i forellini del naso.

Pill pareva diventato di sasso e guardava il morto con occhio lagrimoso.

Povero Gasparino! lo si sarebbe detto un fossile di tremila anni, e nel suo freddo abbandono non si scorgeva che una tenue espressione d'ironia agli spigoli della bocca. Non era certo la creta che lo faceva ridere.

GINA

Man mano che il Natale, col suo regalo di neve, si avvicinava, si facevano sempre più spaventosi i rimorsi di quella ragazza: perché la sua mamma poveretta, era morta appunto una mattina di Natale, mentre la Gina non toccava ancora i nove anni, e il pensiero della mamma, anche in mezzo alle più sciocche vanità della vita, aveva sempre conservato per la giovane un certo qual profumo, come di fiori d'altare. Oggi, passati molti anni da quel giorno, la Gina aveva abbandonata la casa paterna, per venire a cercar fortuna in città. Giunta a Milano col canestrino di fiori, perché era bella, se l'erano messi d'attorno i giovinotti e uno fra' tanti che l'aveva tentata, pareva che le volesse bene; così almeno egli giurava sempre, toccandosi colla mano il posto del cuore. E veramente, ne' primi tempi, fu per la Gina una specie di sogno. La stagione era viva, la città allegra e piena di gente, gli amici cortesi; per cui ella poté facilmente guadagnarsi un appartamento tutto per lei, con specchi, dorature, cortine di seta, e un gabinetto cinese con una specchiera, che pareva un reliquiario. E dire che la Gina alla Ghiacciata s'era lavata il viso le dodici volte nel secchio! ma fortuna e dormi, dice il proverbio, ossia chi bella nasce ha la dote nelle fasce. I fotografi amavano ritrarla in grande, per farne dei quadri agli angoli delle vie: un cappellino, portato dalla Gina, poco mancava che diventasse subito di moda e se le signore— quell'altre—non andavan dietro al modello, gli era soltanto per non dimostrare che la Gina fosse più bella di loro. Tuttavia anche sotto quella cipria, anche in mezzo alla spuma frizzante di quella vita, fra le garze e i nastri color di rosa, la Gina provava nel cuore una specie di puntura, come se una spina vi si fosse rotta dentro; e in fondo ai cartocci pieni di cose dolci, che le regalavano a teatro, sentiva sempre un amaro di legno quassio, perché il peccato non si sputa fuori, nè tutte le macchie si lavano col sapone. Anzi, quanto più pareva che il suo occhio di gazzella fosse talvolta rapito in una apoteosi dell'opera, e in una contraddanza di driadi ed amadriadi, tanto più il suo pensiero sprofondava nelle fessure della coscienza e le accadeva di vedere, fra le piante della scena, spuntare un campanile aguzzo, colla crocetta in cima, o la siepe dove soleva curare le oche, o il pergolato e il ballatoio di legno, coll'insegna della Ghiacciata, la famosa osteria del suo babbo.

Fanciulletta vi era cresciuta, a piedi nudi, col bel musetto sporco, coi capelli in furia, cogli occhi neri e lustri come il carbone, amata prima dalla sua mamma, odiata poi dalla matrigna, che aveva una ragazza brutta e storta.

Quando la matrigna aveva gente, la Gina scappava di sopra, apriva un guardaroba, ne toglieva una veste lunga, per il gusto d'indossarla e di fare la coda sull'ammattonato, passeggiando innanzi allo specchio con una ventola in mano, di penne di tacchino. La matrigna ne la pagava poi con sferzate di vero legno di nocciuolo, o con schiaffi per il gusto che avrebbe voluto anch'essa di voltarle la faccia. Ma la faccia della Gina si faceva sempre più bella, come se le ceffate finissero d'aggiustarla: gli occhi, spesse volte lagrimosi, acquistavano una profondità infinita, come chi guardasse nell'acqua del mare, e così spuntò la primavera dei suoi sedici anni. All'osteria della Ghiacciata, che aveva d'intorno un bel boschetto di carpini e di sambuco, venivano al primo aprirsi della primavera, molte comitive in carrozza, di giovani e di donne bellissime, che dopo il pranzo si mettevano a ballare sul battuto. Il Toppa, un cretino dalla gola gonfia e dagli occhi malati, suonava l'organetto per muovere certe scarpette di seta, che il diavolo, io credo, suggerisce ai parigini per far perdere la strada alle anime innocenti. Anche la Gina imparò a ballare, cioè quando ci si provò la prima volta, si meravigliò essa stessa di saperlo fare. È vero che essa aveva ballato molte volte ne' suoi sogni, quando, a quindici anni non si dorme inutilmente; ma tutti dicevano che danzava di scuola, e che pareva di portare una piuma, se si appoggiava al braccio del cavaliere.

Imparò anche a far dei mazzolini e vide in seguito che i fiori stavano bene in un canestro di vimini. Una volta che una di quelle signore dimenticò un cappello di paglia, a foggia di paniere, colla tesa larga e piovente, la Gina se lo provò sul capo, e vide che pareva anch'essa un fiore nel paniere. Ci pensò un poco; ogni mattina, da un pezzo in qua, soleva correre incontro al procaccia, per togliergli di mano un biglietto ricamato con una corona di conte, Ci pensò un pezzo, finché una volta che la matrigna osò buttarle il cencio dei piatti sul muso, non disse nulla, ma scrisse due righe sopra un foglio. Due giorni dopo, col pretesto che andava in chiesa a messa, nel suo scialletto nero, prese la strada postale, camminò nella polvere e sotto il sole per un bel tratto, finché giunta allo svolto, dov'era una gran siepe di robinie, scoperse una carrozza. Il cuore fe' sulle prime un gran schiamazzo, che non facevano l'eguale le sue dieci oche nei giorni di temporale; sostò, chiuse gli occhi un minuto, e quando li riaprì, credette quasi che l'aria fosse infocata, Qualcuno la spingeva bel bello: una voce sussurrava al suo orecchio; la carrozza fece il resto.

Dopo tre mesi di vita gaia, la Gina ammalò di tifo e se non era una vecchierella di buon cuore che si pose a curarla, presso il guanciale, gli amici l'avrebbero lasciata morire come un cane, nel suo bel gabinetto cinese. Quando poté cacciare le gambe dal letto e si guardò nello specchio trovò che, meno gli occhi, molto di bello se n'era andato: i capelli se li sentì pochi nelle mani, non cos però che con un po' di belletto, e con qualche truciolo finto ella non potesse sperare di vincere ancora la sua fortuna. Uscì per le strade a vender fiori, ma visto che la gente non credeva più alla Gina di prima, pensò al modo di diventare un'altra Gina, poveretta! La vecchia signora, che l'aveva curata con tanto amore, le offrì ricovero in casa sua, in una viuzza tranquilla e fuor di mano, dove il sole non scendeva un momento, che per scappar via. Passò l'estate. L'autunno venne innanzi col suo tabarrotto di nebbia: venne anch'esso il dicembre nella sua pelliccia d'ermellino, e lassù intanto, in quelle quattro stanze, colava l'aria fredda, livida, inzuppata dì malinconia. Quando la Gina sentiva qualche cosa alla gola, che minacciava di strozzarla, usciva in cerca di sole, rubando cogli occhi l'ultimo verde, che spenzolava dai rami degli alberi. Si avvicinava il Natale, l'anniversario della sua povera mamma. Il profumo del lauro, la vista del muschio, degli aranci, dei presepi, dei balocchi di legno verniciati, esposti nelle botteghe e sui banchini, risuscitavano una folla di reminiscenze, un polverio, come sopra una strada pesta da cavalli sfrenati. La Gina se ne tornava a casa, colla febbre nelle ossa, colle guance riarse, con una gran sete: si accoccolava per terra, sotto la finestra, al buio, o cogli occhi incantati sui fiocchi di neve che cadevano; nelle ore di notte che non poteva dormire, o che dormiva così a sbalzi, coll'animo sospeso e co' piedi freddi, essa si lasciava andare a ripensare le belle carte di torrone, che.... una volta il babbo le regalava, delle quali ne aveva un fascio in una scatola, quali screziate d'oro e d'argento, quali con bei lembi color cielo, color vestito della Madonna, altre gentili come le perle, altre accese come il fuoco; e ne faceva vesti alle sue bambole di carta, alla Ghiacciata, se ne ornava ella stessa le orecchie, tagliuzzando le laminette di paglia d'oro, tintinnanti; quasi il destino avesse dovuto prepararle, per i suoi begli occhi, una corona di diamanti, come a una principessa.... Così pensava fredda fredda nel letto.

Ahimè! la corona l'aveva avuta sul capo, non importa se di gemme false. L'acqua era scesa per la sua china, trascinandola verso il mare; ma che mare! meglio il pantano, ove andavano guazzando le sue oche nei tempi di secco. Se ne sentiva sudicia l'anima e la bocca. Non pareva più il suo corpo, tanto le vesti le scappavano giù e i capelli si irritavano sul capo come lische. E intanto correva per le vie il santo Natale, caro ai bambini, a suon di piva, circondato il capo d'edera e di muschio; ogni masserizia era pulita e benedetta: ogni piedino aveva le sue calzette di lana, bianche o a liste di colore; s'imbandivano le mense accanto al fuoco, dove bruciava il lauro, spandendo un profumo di presepio e di Betlemme. V'era della gente al mondo, felice per un cavalluccio di legno scoperto in una scarpa, e delle barbe grigie, che piangevano di gioja per due righe di rampini, scarabocchiati e dedicati al nonno. Perché la felicità è per sè stessa una cosa leggera e porta in alto il cuore che sa contenerla.

—Gina!—gridò la voce della vecchia dal fondo della scala.

Gina era fuggita. Scivolò al bujo dalle scale, corse pel vicoletto, scappò via, mentre accendevano i primi lampioni.

Non nevicava, ma tanta era stata la neve caduta sui tetti, sui campanili, sugli abbaini, che la città pareva lì per perdere il respiro. Per la lunghezza delle vie, e per le piazze profonde, le fiammelle del gas, fatte rossigne, si stringevano in sè, come se temessero pure di dover morire di freddo; poche, frettolose, le persone rasente ai muri; dagli archi delle botteghe chiuse, dalle finestre delle osterie, dalle case, traspariva quella luce velata e calda, che ha dentro di sè il fumo delle pentole e la ciarla della gente allegra. Voltò per via Larga; di là pel corso, verso porta Romana, dov'era la strada per la Ghiacciata. Sperava di arrivarvi in meno di un'ora, non in carrozza, come sei mesi fa, quando era partita, non fra due filari di pioppi verdi, ma con un santo orgoglio, che la sorreggeva, che le riempiva gli occhi di lumi: al di là dei lampioni, oltre i gabellini, oltre la cerchia delle mura, che la serravano come l'anello d'una ruvida catena, anche in mezzo alla neve, alla nebbia, ai fossati, alle pozzanghere oscure, rasente ai cimiteri, la Gina vedeva la libertà; fuggiva, come se dietro i suoi passi corressero proprio ad inseguirla, e, voltandosi, guardava con spavento la mole confusa e nebbiosa della città. Presso i bastioni si trovò quasi perduta in un campo di neve. Le guardie, in un cantuccio del dazio, stavano scaldandosi intorno a un braciere, discorrendo sottovoce con aria di malcontento: al di là, quando cioè la Gina ebbe varcate anche le case del sobborgo, si trovò nel deserto addirittura, come le venne in mente d'aver letto, all'incirca, d'Elisabetta negli Esiliati in Siberia, quando giunge alle rive del Kama. La strada correva fra due fossati: non un carro, non un lume, non l'abbaiare d'un cane. Ma non per questo cessava d'andare; il negro, che sia sfuggito al flagello del piantatore, non respira con tanta voluttà l'aria delle selve, quanto una coscienza, che si snodi da un'abbiezione morale e torva, cerchi di tornare alla stima di sè stessa. La Gina camminava nella neve, scendeva nelle pozze, nel ghiaccio, nella mota, contenta di dover vincere quegli ostacoli, come se, passando attraverso quella grande tribolazione, dovesse poi uscirne purificata. Era scomparsa un giorno d'estate fra un polverio bianco: voleva ricomparire al disotto d'un nembo di neve; così della Gina si sarebbe dimenticato quel tempo, come se fosse stato un sogno.

Camminò forse un'ora, senza mai sentire il freddo che le sbatteva sul viso; per la lunga eccitazione del suo spirito, ella finiva, sto per dire, col camminare sopra i propri pensieri. Certamente non vedeva l'ombra delle piante, né i mucchi di ghiaja che costeggiano la strada, sotto uno strato di neve; se li avesse veduti, ne avrebbe preso maggior spavento, quasi fossero tanti cataletti posti in fila. Molte sue amiche eran camminate al camposanto collo strato bianco, e dietro aveva cantato anch'essa le litanie della Madonna, intonando il Mater purissima. E cammina, e cammina. Ecco finalmente che da' casolari, che sorgevano a destra e a manca della strada, sprofondati nel più fitto della notte, vede uscire, anche qui, quella luce velata e calda, che ha dentro di sè il fumo delle pentole e la ciarla della gente allegra. Anche per questi luoghi morti e quasi disabitati era passato il santo Natale, caro ai bambini, a suon di piva, circondato il capo d'edera e di muschio. Udiva delle canzoni, ma la strada continuava sempre deserta, sempre bianca lungo i fossati in cui gorgogliava un'acqua cieca piena di misteri. Finché le parve di ravvisare, allo svolto di una gran siepe secca, il luogo, dove sei mesi fa era salita per la prima volta in carrozza, a guisa di certe povere ragazze delle favole, amate da principi. Quindi ravvisò anche il campanile aguzzo colla crocetta in cima, e fu per cadere come morta; ma la tenne ritta il pensiero che il più difficile era fatto e che, se Dio le avesse dato di poter rientrare nella sua casa, non solo ella avrebbe saputo trangugiare tutti i bocconi amari, ma si sarebbe chiamata felice di ottenere una scodella per carità e di far la serva alla sua matrigna. Giunta all'orlo della siepe di sambuco, che cingeva il giardino della Ghiacciata, guardò attraverso e vide che le finestre della vasta cucina brillavano; sotto stava il Toppa, attaccato all'organetto, e suonava una bella mazurca; la sua faccia giallognola e cretina sorrideva, mentre di dentro andavano e venivano delle ombre sulla cadenza della musica.

La matrigna aveva invitato quel giorno Anselmo il mugnaio con suo figlio Gerola, un buon cristiano, zotico come un tronco, ma danaroso: da un pezzo la donna vi aveva messo gli occhi sopra per darlo, se si poteva, alla sua Carolina, che un migliore non ne avrebbe potuto trovare in questo mondo. Era stata contenta in cuor suo che la Gina, sdrucciolando come aveva fatto, avesse sbarazzata la casa da una terribile rivale.

La Gina si accostò all'uscio; non piangeva, anzi, se si deve dirlo, si sentiva un coraggio e un'energia, di cui ella stessa si meravigliava. Il suo babbo era sempre il suo babbo e una donna, messa alle strette, non ha mai il cuore di respingere un'altra donna—pensava—quando implora compassione per amor di Dio.

Picchiò una volta e non fu udita.

Aspettò che il Toppa finisse di strimpellare e tornò a picchiare più forte.

Questa volta qualcuno intese; la chiave scricchiolò e il volto della matrigna apparve nella fessura dell'uscio.

—Chi è a quest'ora?

—Sono io, la Gina.

Il Toppa tornò a suonare, e il baccano, che sorse di dentro, impedì che altri potesse udire questo discorso.

—Sei tu, sgualdrinella? va via, non ti conosciamo.

—Per amor di Dio....

—Sei venuta in carrozza?

—Per carità, almeno per questa notte....

—Questa notte meno che un'altra.

—E dove andare a quest'ora?

—Va dalla tua mamma.

E chiuse l'uscio con furore, e girò due volte la chiave: parve a un tratto che di dentro si raddoppiasse la festa: la Carolina ballava con Gerola, e l'ostessa menava a tondo Anselmo il mugnaio, che non poteva reggersi sulle gambe. Il babbo dormiva nell'angolo nero del camino. La Gina non si accorse che intanto ripigliava a nevicare; non si accorse nemmeno che l'acqua entrava nelle sue scarpe; nè che le vesti strisciavano per terra. Non si sgomentò.

—Andrò dalla mia mamma,—disse sottovoce, con un senso amoroso, la povera Gina. Conosceva bene la strada, perché tutti gli anni soleva la mattina di Natale portarle un mazzo di fiori secchi, o un nastro ricamato. Quest'anno l'ora era un po' tarda, ma la sua mamma l'avrebbe ricevuta.

Attraversò le vie deserte del paese: conobbe la strada del camposanto; spinse il cancello, che cedette.

—Essa m'ha aperto,—mormorò la Gina.

Traversò il piccolo campo, finché vide una croce di legno, mezz'arrovesciata nella neve; ne sbarazzò le braccia, e cadde giù, esclamando con uno schianto:—M'han detto di venire da te, mamma.

E piangendo cercò di chiederle perdono; si attaccò al legno con una stretta affettuosa di chi sente un cuore vicino, che risponde al suo. Poi chiuse gli occhi, per dormire accanto. La neve cadde alta tre spanne quella notte e tutti dicevano che avrebbe fatto bene alla campagna.

* * *

STORIA DI UNA GALLINA

Vivevano una volta due vecchi sposi. Egli non si chiamava Taddeo, ma Paolino, ed essa, la signora Brigida, buone anime entrambe. Il sor Paolino lavorava in canestri e la moglie in raggiustare le calze; dopo trent'anni, si volevano bene come il primo giorno di matrimonio, anzi, invecchiando, miglioravano nell'amore, come il vino nelle botti suggellate. Se il Cielo mi concedesse tanto buon tempo che io potessi raccontare giorno per giorno la vita del sor Paolino, e della sora Brigida, crederei di giovare col mio libro a' miei simili, ben più che con un trattato di meccanica celeste: perché, dopo tutto, l'amore e la benevolenza sono il pernio, sul quale la ruota del mondo gira senza stridere. Ma poiché questa consolazione non mi è concessa dalle circostanze, racconterò almeno in quest'occasione del santo Natale un episodio della loro vita, che farà piangere, io credo, tutte le anime sensibili. Beato chi piange, e una lacrima, dice un libro cinese, è più grande del mare.

Dopo l'esperienza fatta negli anni passati e sempre in loro danno, i nostri buoni vecchietti eran venuti entrambi del parere di allevare in casa una gallinetta, per vederla crescere sotto i loro sguardi all'avvicinarsi di queste ultime feste dell'anno, togliendo così il pericolo, tanto comune oggidì, di dover mangiare una cosa per l'altra o fors'anche una porcheria. E poiché sono sull'argomento, si sa oggimai che, se tutte le lepri, che si mangiano all'osteria potessero parlare, i topi non starebbero a sentirle; come, per altra parte, accade spesso a qualcuno, mentre siede col suo pezzo di manzo sul piatto, di vederselo scappar via al suono d'una frustata. La lepre è gatto, il bue è cavallo, e così via il vino è aceto, l'aceto è veleno; non c'è speranza che nel tempo, quando, cioè, le cose saranno diventate così naturalmente false, che per cambiare torneranno quelle di prima. Ma intanto i nostri vecchietti, giunti sulla sessantina, dovevano per obbligo di coscienza guardarsi dalle cose false e tener da conto lo stomaco: non meritano lode, se all'avvicinarsi delle feste comperavano una gallinetta viva per nutrirla colle loro mani?

La cara bestiola passeggiava per casa da circa tre mesi, chiocciando, piluccando, ruspando, come fanno tutte le sue pari. Brigida, mentre suo marito stava alla bottega, soleva discorrere con lei o le tagliuzzava foglie di verze, o le sbriciolava del pan di melica, invitandola a bere in una terrina bianca che pareva porcellana. Che dirò del sor

Paolino? prima d'entrare si fermava dietro l'uscio chiamando chi-chi-chi; se fosse stata nelle nuvole, la povera bestia correva giù. Il canestrajo allora rovesciava le tasche in terra e ne usciva del grano, del pane, del biscotto, che la gallina bazzicava divinamente sotto gli occhi beati dei suoi padroni. Una vedova che abitava vicino al loro uscio e che, dopo la morte d'un suo pappagallo non poteva resistere a tali spettacoli, piangeva come una bambina.

—Che peccato!—Disse un giorno il sor Paolino,—che peccato che la povera bestia non possa assaggiare una goccia del mio caffè! oggi ha mangiato asciutto e le farà peso.

La sora Brigida invece trovava che, stando sempre in cucina sul mattone, avrebbe patito del freddo; non che volesse dire con ciò che un paio di calzette sarebbero convenute a una gallina, ma fece in modo che Paolino stendesse almeno una vecchia stuoia presso l'acquaio. E bisogna dire che la gallina avesse veramente dei meriti, perché con niente non si fa il buon brodo, né la buona stima. Le penne infatti le aveva screziate sul petto e d'un bel colore rosso dorato sulla schiena; le zampe magre e svelte, l'occhio vivace e malizioso la sua parte, e ai ragionamenti dei padroni rispondeva con certi movimenti del collo, degni di qualunque ragazza da marito. Le volevano bene, dunque, non solo perché fosse una gallina, ma perché gli animi buoni si attaccano volentieri alle cose buone. Mentre i due vecchietti sedevano a tavola a mangiare quel po' di carne comechessia, comperata dal beccaio (nè potevano allevarsi in casa un bue come un pulcino), la gallinetta saltava su, guardava ne' piatti, ora coll'occhio destro, ora col sinistro, con tanta innocenza che i due vecchietti perdevano la memoria dell'appetito.

Ma i giorni passano per tutti. Già si discorreva delle feste, come se fossero giunte: la gente pensava al modo di passarle bene e il Natale veniva innanzi colle sue scarpe di feltro.

I nostri due buoni vecchietti già da cinque o sei giorni si vedevano sopra pensiero, come se avessero nel capo un cespuglio di spine; ma, essendo e l'uno e l'altra d'indole timida e rispettosa, per paura di farsi torto a vicenda, masticavano in silenzio il loro dolore. La gioia comune che si spande in questi giorni e che rischiara le case e gli animi della gente, non li rallegrava, anzi se qualcuno diceva:—buone feste, sora Brigida,—essa rispondeva appena, crollando malinconicamente la testa.

Anche il sor Paolino a bottega non era più lui; stava immobile, colle mani sul canestro, gli occhi fissi in terra e pensava:—Se non fosse che la Brigida ha bisogno d'un vitto sano e nutriente, chi oserebbe strappare una penna a quella povera creatura?

E la sora Brigida dal canto suo, correndo sulla calza:—Se quel pover'uomo non avesse lo stomaco disfatto, se non avesse speso per allevarla, chi avrebbe cuore?... ma dirà che sono tenerezze da donna malata, e riderà di me; come noi ci burliamo della nostra vicina.

Così passò qualche altro giorno, senza che né l'uno né l'altra osassero toccare quel brutto tasto.

Mancavano tre giorni appena al Natale e bisognava uscirne. Sedevano entrambi innanzi al camino, dopo un pranzo di magro fatto con certi pesci, che forse non eran pesci. Egli, il sor Paolino, andava costruendo colle molle una catasta di fuscellini, intorno a un ceppo, che bruciava vivo vivo, ed essa, la sora Brigida, in una cuffia di traliccio, colle mani sotto il grembiule, piangeva in silenzio nell'ombra.

—Credi tu, amor mio,—cominciò il sor Paolino,—che fosse veramente una tinca che abbiamo mangiato?

—Credo di no,—ella rispose stentatamente.

—Se si potesse tenerli in casa nella catinella i pesci, come si tengono i polli nella stia, si potrebbe vedere,—soggiungeva il marito per tirare il discorso sull'argomento.

Brigida si scosse sulla sua sedia e soffocò un sospiro dentro di sè per non dare segno a quel pover'uomo della sua sciocca debolezza. Vedeva troppo bene che Paolino contava di poter mangiare almeno il giorno di Natale qualche cosa di schiettamente sano.

—Essa non immagina punto il mio pensiero,—disse fra sè il buon uomo, a cui spiaceva e come uomo e come marito di mostrarsi in qualche parte da meno di sua moglie. Sedevano innanzi al fuoco, come dicevo, scaldandosi le ginocchia e discorrendo così, quando a un tratto videro venire innanzi la loro gallina, che si era levata ad ora insolita, e che veniva a specchiarsi nella fiamma. Le sue penne mandavano bagliori e fosforescenze d'oro e di piropo e, o fosse che i poveri vecchi la vedessero attraverso le lacrime, o fosse altrimenti, parve loro una cosa piovuta dal Cielo, se non proprio il gallo che convertì San Pietro.

Il sor Paolino non poté resistere a quella vista, e con un pretesto uscì; e uscita anch'essa, poco dopo, la povera donna, andò a bussare all'uscio della vedova, in cerca d'un consiglio. Il canestraio trovò per via Angiolino del Trapano, suo vecchio amico, uomo prudente e quasi letterato, gerente d'un giornale politico, che propugnava una santa causa, Angiolino ascoltò la gran passione dell'amico e si concertarono insieme sul modo di regolarsi in questa difficile circostanza.

La mattina dopo, e precisamente la vigilia di Natale, Angiolino venne a trovarlo a casa e strinse la mano alla sora Brigida. Egli s'era messo quel dì l'abito scuro e teneva in mano il cappello a cilindro come soleva fare nelle cerimonie o nei processi contro la santa causa. Parlò della mala piega delle cose d'Europa, dei tempi che si fanno grossi, della poca fede, della poca umanità che c'è nel mondo, e stava per aprire la bocca sull'argomento (che già Paolino era sugli spilli), quando entrò dall'altra parte anche la vedova, cogli occhi rossi, come il giorno che aveva trovato il suo pappagallo strozzato fra due ferri della gabbia. Era anche questa un'intelligenza presa fra le due donne. Tutti e quattro sedettero, sconcertati ciascuno per riguardo agli altri, mentre la gallina, più fortunata di tutti, passeggiava tranquilla, beccando le screpolature, quasi che al mondo non esistessero nè i grandi nè i piccoli affanni.

Vi fu un istante di silenzio.

Poi Angiolino del Trapano, carezzando colla manica il pelo del suo cappello, coll'occhio fisso alla gallina:—Fortunate le galline,—disse, che sfuggono a queste preoccupazioni! Esse posseggono ancora quella semplicità che gli uomini, fatti tiranni di sè stessi, mettono in non cale, correndo dietro, come sciacalli, al proprio interesse, paghi soltanto quando sono pagati. Beati i tempi dei patriarchi, quando gli uomini si contentavano d'un piatto di lenticchie, né avevano bisogno, come si vede in questi giorni, d'insanguinarsi le mani nella strage di tante creature, che sono pure creature di Dio! Quanto più bello e santo sarebbe, specialmente in queste occasioni, mostrar la bontà dell'animo nostro, concedendo riposo e tregua anche agli animali vivi e morti, che sono stati creati non per l'ingordigia umana, ma per far più lieta la natura col loro canto armonioso, collo splendore delle loro piume, col tenero belato, col guizzar rapido e snello nelle acque dei fiumi. L'usignolo col suo canto notturno...—seguitava Angiolino del Trapano; ma uno scoppio di pianto interruppe il bel discorso. Paolino strinse nelle sue la mano della Brigida, e sorridendo sotto il velo delle lacrime, esclamò: —Noi non saremo tanto cattivi; anch'essa mangerà nel nostro piattello.

Quelle care persone si accordarono di pranzare insieme il giorno di Natale, per far più lieta la festa dell'umanità. La sora Brigida preparò un pranzetto d'uova, di berlingozzi, d'insalata, e un pasticcio di riso e, poiché i tempi sono diventati così tristi, che uno non sa ormai quel che compera e quel che mangia a tavola, aggiunse per riguardo agli ospiti, anche una gallina delle solite, comperata sul mercato, la mattina al buio, senza discutere, sicura in cuor suo che questa almeno non sarebbe stata una gallina.

* * *

SCARAMUCCE

Anche la nostra divisione, già da venti giorni accampata ad Oleggio, ricevette l'ordine di raggiungere il grosso dell'esercito, che moveva dal campo di Somma, per versarsi insieme sulla divisione del generale Incaglia, incaricato di difendere il Ticino. Noi eravamo i Bianchi, cioè colla fodera sul berretto, e il corpo dei Neri doveva rappresentare un esercito nemico di sessanta mila uomini, pronto a ritirarsi sopra Varese; a noi era comandato di vincere, e di coprirci di gloria, sparando coi fucili vuoti, fortuna che non capita sempre nemmeno nelle battaglie da burla, sebbene nel mondo si veggano molti menare scalpore anche per più poco. Nessuna meraviglia dunque, se alla vigilia stessa della manovra, molti cuori battessero come innanzi a una vera battaglia: ma il cuore batte spesso per nulla.

Alle tre di mattina il campo era già tutto in movimento. Splendevano ancora le stelle e la più bella luna che sia uscita dalle mani del Creatore. La tromba dava i segnali, e dopo un gran frugare al bujo per terra, ci avviammo in silenzio, carichi di sonno, per le strade biancheggianti e per le nere sodaglie alla volta di Arona. Giunti ai brulli poggi di Cagnago e di Cumignago, il Monte Rosa cominciò a disegnarsi e a colorirsi innanzi all'alba; ed ecco a un tratto escono le prime fucilate dalle siepi e dai boschetti che coronano le alture; e noi avanti, rispondendo noi pure colle fucilate. I Neri fuggivano come una nidiata di sorci, si appiattavano dietro i cigli, sparavano ancora quattro colpi, mostrando appena la fila dei berretti, poi un'altra corserella; si vedevano comparire e sprofondarsi nelle vallette, e poi sempre avanti come se giocassimo a rimpiattarelli. Così di poggio in poggio, di valloncello in valloncello, ora diritti dietro un muro, ora sdraiati nei fossatelli, o terra terra, scaglionati nelle piccole creste per una linea di forse sei miglia sulla destra del Ticino; finché, occupate oramai tutte le alture colla nostra artiglieria, si cominciò a discendere, a incalzare il nemico contro il fiume. Il giorno s'era fatto chiaro del tutto: il cielo non aveva una ruga, e l'aria fresca della mattina ci lavava il viso dell'ultima nebbia di sonno. Già ne si apriva davanti il magnifico spettacolo del Lago Maggiore, azzurro come il cielo, nella sua bella conca di montagne verdi, dipinte in cima dal sole d'un bel colore di carminio.

Nessuno di noi pensava più che si fosse a una manovra. Il sangue, che trasalisce ai primi colpi e che si riscalda alle prime occhiate di sole, gli squilli di tromba, la voce dei capitani, il vedere correre e saltare i cannoni sopra i prati e piantarsi a urlare, le vedette che passano via come frecce, il luccichio di qualche squadrone di cavalleria, che brilla in un nembo di polvere, superbo e maestoso come una legione di arcangeli; tutto ciò e più di tutto i vent'anni, che non pesano ancora sul sacco, fanno rincrescere quasi che non si faccia per davvero e che gli altri non siano disposti a lasciarsi ammazzare. Due compagnie di Bianchi e di Neri, che si scontrarono l'anno scorso sulla piazzetta di Divignano, mi dicono che, se non c'erano i superiori a fermarli, que' buoni figliuoli si tagliavano a pezzi. E veramente l'illusione è sì viva in questi istanti, che la ragione a stento può trattenere la selvaggia natura, e vi passano per la fantasia idee stravaganti, che son sorelle delle idee eroiche, e si capisce che cos'è lotta, che cos'è lo sterminio: non v'è ragazzo di vent'anni, che, trovandosi a cavallo fra quattro cannoni, non pensi di tagliare il mondo con un colpo di spada. Il corpo vi par diventato di bronzo sotto la giubba di panno. Insomma, non state a ridirlo, ma la guerra dev'essere una bella cosa, forse ancora più bella dell'amore.

Verso le nove giungemmo in vista di Arona.

In questi dintorni ha una villetta mio zio Michele, un buon uomo che ha fatto molti denari col sapone e colle candele steariche, non sapendo nulla dei grandi problemi che travagliano la pellegrina umanità. Sarei stato ben felice, se il caso mi avesse portato a dare una capatina alla villa Teresa (Teresa era il nome della mia povera zia), non perché in casa di mio zio Michele la tavola sia quasi sempre preparata, ma per la gloria di comparire agli occhi di mia cugina, bello di polvere, abbronzato dal sole, cioè, come dicono i romanzieri, irresistibile. Mio zio, uomo di vecchia esperienza, non aveva mai veduto di buon occhio gli avvocati, e quando seppe ch'io m'ero dato allo studio della legge, crollò la testa, come se si trattasse d'un ladro mestiere. Forse il suo ideale (voglio dire il genero de' suoi sogni) non era un pitocchello di qualche ingegno, ricco soltanto di belle speranze, ma qualche cosa di più sostanzioso, di più palpabile. Perciò non posso dire nemmeno che mio zio mi amasse come la pupilla degli occhi suoi; tuttavia la mia bionda cuginetta Elisa, un diavoletto che avrebbe colle sue moine disarmata la Prussia, spadroneggiava nel cuore del babbo, e se per un capriccio avesse voluto sposare uno spazzacamino, il babbo avrebbe benedetto anche lo spazzacamino.

Io mi lusingavo d'essere qualche cosa di più: e sebbene, prima che mi cingessi un brando, potessi anche sembrare un mattarello di poco giudizio e considerare la Lisa come una ragazzina, oggi ero un volontario e caporale. Il soldato aveva aggiustato l'uomo, e dopo quasi un mese di vita selvaggia, all'erba, sotto la tenda all'aria, al sole, la figura snella di mia cugina mi tornava davanti come una dolce visione, mentre, appoggiato al mio fucile, procuravo di discernere qualche cosa di bianco a una finestra della villa.

Intanto che tutt'assorto nella contemplazione di due gelosie verdi, carezzavo una dolce speranza col pensiero, il capitano, forse ispirato da Dio, ordina al mio tenente di prendere con sè quattro o cinque uomini e di occupare proprio la villetta dalle gelosie verdi, che per trovarsi in una spianata elevata sul declivio, dominava dal suo terrazzo una buona parte del fiume. Il tenente mi dice:—Venga anche lei, caporale.

Non aveva ancora terminate queste parole, che io camminavo già sul viottolo che conduce alla palazzina, fra due siepi di bosco, lieto e trionfante.—Questa volta, caro zio,—dicevo fra me,—conquistiamo la posizione: l'avvocato ritorna a capo d'un esercito, nè basta una muraglia di sapone a questi assalti.

Facendo, il mio signor tenente, un vanerello ancor fresco d'accademia, con un finestrino di vetro nella cassa dell'occhio sinistro, non cessava dal far paragoni fra il Verbano e il Lago di Garda, dove i suoi avevano una villa: suo padre era marchese, e il tenentino non disperava di diventare un giorno almeno generale, e tante altre cose andava dicendomi, per dimostrarmi ch'egli era ricco, marchese, bravo cavalcatore, e amato da tutte le donne. Ma per conto mio pensavo alla meraviglia di mio zio e della mia cuginetta, quando mi avessero conosciuto; pensavo che, finiti gli studi dell'Università, sarei stato dottore e che la fortuna di questo mondo non la si fa solamente col sapone e colle candele steariche; pensavo che avrei saputo rendere felice la mia bella cugina, anche a costo delle sue duecentomila lire di dote.

Intanto giungemmo al cancello del giardino.

Al rivedere que' viali, quelle piante, que' luoghi pieni d'ombra e di frescura, que' sedili, quelle statue coperte di muschio, che mi ricordavano una lunga storia di giochi, di capricci, di lacrime e di versi sbagliati, mi pareva di diventar piccino, e il cuore batteva anche a me come alla vigilia d'una vera battaglia.

Tip, il grosso Tip, fu il primo che ci corse incontro abbaiando. Allora il sor tenente, accostandosi l'occhialino,—Caporale,—disse,—lei si fermi accanto a questo pino con due uomini e non perda di vista il campanile di Golasecca.

Condusse e piantò gli altri uomini in diversi punti, poi si avviò solo verso la villetta, che distava dal mio pino un quaranta passi, per rendere omaggio ai padroni di casa. Elisa gli venne incontro per la prima.

Vestiva, come di solito, un po' capricciosamente; i capelli biondi, sciolti, scendevano sopra un vestito quasi bianco, allacciato ai ginocchi da una fascia rossa di fuoco. Da sei mesi o forse più che io non la rivedevo, la ragazzina s'era fatta alta e complessa, e la moda ajutava a stringerla in vita e a darle attraenti disuguaglianze.

Il sor tenente, un gatto vecchio che sapeva arrampicarsi, portò la mano alla visiera, si piegò come si piega un bastoncino di giunco, sussurrò delle paroline sorridenti, Dio sa quali sciocchezze! Elisa arrossì un poco, sorrise anch'essa e corse ad avvisare il babbo.

Io intanto non perdevo di vista il campanile di Golasecca.

Elisa aprì le persiane della terrazza, e dopo un istante uscì anche lo zio Michele, sotto un gran cappello di paglia. Il buon uomo pareva beato che la villa Teresa diventasse un punto strategico da far parlare i giornali, e portò egli stesso sotto il padiglione della terrazza due lunghi cannocchiali, coi quali pretendeva di vedere le fabbriche di candele steariche anche nel mondo della luna. Elisa, una discreta chiaccherina quando voleva, avviò una grande conversazione col tenente che col braccio teso andava via via, segnandole i punti principali delle operazioni di campo, intercalando, suppongo, delle scipitezze, perché le manovre son cose serie, e non si ride delle cose serie.

Io intanto non perdevo di vista il campanile di Golasecca.

Vedendo che non c'era modo di attirare l'attenzione di Elisa un poco anche sul caporale, mi volto a' miei due soldati, li squadro da cima a fondo, e scoperti due bottoni d'una uosa "che non c'erano":—Pare impossibile,—strillai schiamazzando come un'oca del Campidoglio,—pare impossibile, sacr.... che si portino di quelle porcherie; testa di gatto! perché mancano que' due bottoni? E zitto, o vi butto in prigione per tre settimane, sacr.....

Ma la conversazione del sor tenente era così piacevole che l'Elisa non s'accorse delle mie bestemmie. Mi pentivo di non aver detto prima al tenente che mio zio era mio zio, e mia cugina qualche cosa di più di una cugina: ma non l'avevo fatto per antipatia, per ignoranza. Peggio per me! Però mia cugina sapeva bene il numero del mio reggimento, e quel numero l'aveva sotto gli occhi; perché non avrebbe dovuto domandare al tenente se conosceva il caporale così e così? Il tenente presentò a mio zio, com'era giusto, anche il suo biglietto di visita, con tanto di corona sopra: mio zio fe' due occhi di barbagianni, s'inchinò, strinse le labbra come se assaggiasse del vin santo, passò il biglietto alla figlia, che si profuse anch'essa in riverenze. Corbezzole! un marchesino non capita tutti i giorni tra' piedi; non si sa mai ciò che un marchesino può diventare. Mio zio avrebbe voluto essere una saponetta per le sue belle mani, o una torcia stearica per fargli lume.

Io intanto non perdevo di vista il campanile di Grolasecca.

Il mio bonissimo zio, dopo avere stretta fra le sue la mano del marchesino, distese sopra un tavolino una carta geografica della provincia, dove il tenente continuò la sua lezione, seduto accanto all'Elisa. Vi fu un momento che questa abbassò la testa per meglio orientarsi, e il tenente abbassò la sua, rasentando colle labbra i capelli della mia cara cugina. La battaglia era veramente disastrosa per me. Mentre pareva che i due eserciti volessero riposare un poco, le fucilate rincominciarono nel mio cuore: e son fucilate che fanno squarci, non c'è muro che tenga! Mio zio, facendosi visiera colle due mani, cercava il nemico in su quel di Sesto Calente, e gridava:—Si restringono;—mentre il tenente sussurrava delle paroline topografiche all'orecchio di Elisa.

—Signor tenente!—gridai, saltando a un tratto sul terrazzino.

La mia bella cugina si scosse, mi riconobbe e gridò:—To', Pierino.

—Sei tu, nipote mio?—esclamò mio zio con poco entusiasmo.

—Cos'avete, caporale?—interruppe il tenente in un modo insolito; e voltosi a mio zio:—Perdonerà, ma vi può essere un pericolo.

—La patria, la patria anzi tutto,—osservò quel sant'uomo di mio zio Michele.

—Una compagnia di Neri passeggia sul sagrato di Golasecca,—dissi affannosamente e, voltomi alla Lisa, le chiesi:—Come stai?

—Sto bene....—rispose confusamente.

—È ben sicuro d'averli veduti!—Tornò a domandare il tenente un po' seccato.

—Co' miei occhi....—ripicchiai insolentemente.

—Prenda i suoi uomini e faccia un giro per tutta la vigna, osservando attentamente tutti i punti all'intorno: anzi sarà bene che salga su qualche pianta.

Mentre il tenente parlava, i miei occhi erano inchiodati addosso all'Elisa che abbassò i suoi.

—Ha capito, caporale?

—Sissignore,—risposi a denti stretti.

—E non perda di vista....

—Ho capito!—Gridai, interrompendolo, e voltai le spalle.

—Se i Neri ci lasceranno un po' di pace, le permetterò di far colazione con suo zio.

—Abbi pazienza, nipote mio: la patria anzi tutto.—E mio zio rideva.

La parola colazione il marchesino non l'aveva fatta sonare per nulla:

mio zio, che non ci pensava nemmeno, si risvegliò come di soprassalto; pensò che il povero marchese poteva aver fame, e mentre io facevo il giro della vigna, presto presto, un tovagliolo, un pajo d'uova fritte, una bistecca, fra una fucilata e l'altra, un bicchierino di bordò con un pezzettino di ghiaccio. Questo dev'essere accaduto, mentre io andavo in cerca di una pianta... per impiccare l'amor mio, le mie speranze, le mie illusioni.

Infatti, quando tornai presso il pino della mia disperazione, in vista del campanile di Golasecca, il tavolino era imbandito sotto il padiglione, al fresco, e il tenente, servito dalle mani stesse di mia cugina, mangiava come un eroe di Omero.

Gli occhi a un tratto mi si offuscarono. Se invece di semplice polvere avessi avuto del piombo nel mio fucile, chi mi assicura che Pierino non avrebbe fatto uno sproposito? Rimasi più d'un quarto d'ora in una specie d'estasi rabbiosa, il tempo cioè che il tenente impiegò per trangugiare i due piatti freddi; quindi la compagnia entrò in sala, forse a prendere un caffè. No, la guerra non è più bella dell'amore!

—Essa non ha un briciolo di cuore per me,—andavo dicendo,—è una civetta che sogna il marchesino e la carrozza! essa mi lascerebbe anche morire di fame, se io potessi ancora aver fame! Povere mie speranze, poveri miei sogni!—

A queste lamentazioni s'intrecciò una musica malinconica che uscì dalla villa. Era lei che faceva sentire al tenente la Prière à la Madone sul piano-forte, una musica che non giungeva nuova al mio cuore, che mi aveva insegnate tante belle cose! Erano lacrime vere, che ora riempivano gli occhi (non state a dirlo) e che io asciugai colla manica ruvida del mio cappotto. Quando alzai il viso, vidi mio zio sul terrazzino, curvo, colle mani appoggiate alle ginocchia, intento a speculare nel cannocchiale le mosse dei Neri: la musica era cessata e il buon uomo gridava:

—Si restringono sempre.—

Io allora, col mio fucile stretto fra le mani, col passo leggero d'uno scoiattolo, saltando sulla sabbia, eccomi sul terrazzino, anzi fin quasi alla persiana, prima che mio zio se ne accorga; mi arresto, arresto i moti del cuore, spingo il capo verso l'entrata e l'occhio verso il piano-forte, e, non vedendo più il campanile di Golasecca, sparo in aria un colpo, io non so perché, un colpo che rimbombò come un temporale. Mio zio Michele saltò a cavallo del cannocchiale, Elisa gettò un grido e svenne nelle braccia... d'una poltrona; i miei soldati sparsi nella vigna, credendo di far bene, risposero con una salva, e a questa risposero altre salve dei nostri, rimasti sulla strada, che temevano di un'imboscata. Tutto il campo fu messo sottosopra e per poco non ne andava di mezzo la fortuna della giornata.

Io, appoggiato al muro, pallido, irrigidito, non sapevo più in che mondo mi trovassi. Della lunga predica che il tenente infuriato e rosso in viso fece sonare al mio orecchio, io non intesi se non che, giunti a Milano, egli mi avrebbe condannato a un mese di prigione e a tre di consegna in caserma.

E mantenne la parola da vero gentiluomo. Ne' panni suoi avrei fatto di più; ma quando mi fu concesso di uscire, tutto era finito, la battaglia era perduta.

Sei mesi dopo ricevetti un bigliettino malinconico di mio zio, che mi pregava di andare a trovarlo e di perdonargli molte cose: non seppi resistere alla tentazione, e, sebbene avessi giurato di non porre più il piede nella sua casa, vi andai, Non era più lo zio d'una volta. Mi fece sedere accanto, mi prese malinconicamente la mano, mentre gli occhi gli si riempivano di lacrime.

—Elisa?—Balbettai con voce tremante.

—È malata.—

Il nemico era passato devastando il paese.

* * *

DEBITI D'ONORE E DEBITI DI CUORE

15 dicembre.

Negli anni passati la mia più grande ambizione era di fare un bel regalo al babbo il giorno di Natale.

Sei mesi prima del gran giorno mi prendevo la testa tra le mani e cominciavo a pensare a un regalo che non fosse la ripetizione di un altro, ma una meraviglia nuova, una sorpresa.... Una volta era un ricamo sul filondente, un'altra volta un disegno a matita, una terza una sonatina di Schumann eseguita sul pianoforte; l'anno scorso fu un sonetto, il primo sonetto della mia vita (e forse l'ultimo), al quale il professore Tantini dovette accomodare le gambe e le rime.

Il babbo si mostra sempre soddisfatto e orgoglioso della sua Tuccia, e io godo anche di più per due motivi, prima, perché contento lui, e poi, perché la gente mi loda, mi esalta e a me è sempre piaciuto il fumo dell'incenso sotto il naso. Il Natale era insomma la festa della mia vanità.

Quest'anno mi sento grande e malinconica. Quel mendicare l'elemosina sulle lodi colla scusa del Santo, mi pare una cosa sciocca e indegna d'una ragazza che ha compiuto i diciassette anni. Qualche cosa è avvenuto dentro di me, da qualche tempo a questa parte, ch'io non mi so spiegare; non è pigrizia, non è indifferenza, ma somiglia a un rimorso d'esser cresciuta tanto senza imparare a vivere meglio.

Quest'anno c'è una grande tristezza in casa mia, e penso che passeremo un brutto Natale; pazienza, senza i soliti regali! ma avremo la collera e la discordia sedute nel cantuccio del camino.

Mio fratello Enrico, un mese fa, si è bisticciato aspramente col babbo. È un ragazzo vivo, di primo impeto, che avrebbe bisogno di una mano vigile che lo tenesse in briglia, ma preso di fronte si impenna come un cavallino selvatico. È sempre cresciuto a caso, senza la mamma, fra le governanti, i servitori, i maestri, i collegi buoni e cattivi, e quantunque il suo cuore sia affettuoso e generoso, è tuttavia sfrontatello e tenace nella sua volontà.

Da qualche tempo (oggi ha vent'anni) s'è dato alla vita gaia e svagata, e l'altro mese ha perduto per la prima volta ottocento lire al gioco.

Mio padre dice che il gioco è una passionaccia che fa perdere l'anima e il corpo, e, per troncare il male alla sua radice, non solo si è rifiutato di pagare questo suo debito d'onore, come lo chiamano, ma ha inveito contro il ragazzo con tali parole da far paura a un uomo di sasso; Enrico rispose con qualche insolenza. Il babbo gli indicò l'uscio, l'altro se ne andò pallido d'ira e di vergogna, e da un mese non è più tornato in casa.

Con questa spina nel cuore noi ci prepariamo alle feste di Natale. So che Enrico è andato in campagna col marchesino d'Etzio, suo compagno di collegio, ma non so come se la passi. Il babbo è torbido, concentrato, colla fronte piena di rughe.

Che giornate, mio Dio, che brutte ore passiamo! Quante volte ho pregato l'anima benedetta della povera mamma, perché guardi sulla sua casa! Non ho mai pensato che nella vita potessero scendere giornate così buie. In casa mia son sempre stata il frugolo, il cucco, la bambolina, il tesoretto di tutti, specialmente del babbo e dei fratelli che mi vogliono bene, anche quando mi tormentano per la mia erre mozza, che a me pare così bella e aristocratica.

Enrico suol dire che mi vuoi bene più. che al suo Flick e non è poco, perché il suo Flick mangia con lui nel medesimo piatto e dorme nel suo letto. Enrico, Arturo ed io siamo sempre stati tre ragazzi distratti e spensierati, pei quali la vita non è che un gioco. Quando si hanno due belle case, sei persone di servizio, tre cavalli in istalla e i mezzi per soddisfare oltre ai bisogni i capricci, è naturale che una ragazzina creda che la vita sia una bella commedia e che le sia toccata la parte di prima donna.

Ma da qualche tempo io comincio a considerare la vita da un altro lato e penso che la felicità non sia tanto al di fuori quanto dentro di noi.

17 dicembre.

Di faccia alla nostra casa è una casetta di modesto aspetto, dove abita una ragazza della mia età, che fa la sarta. Quando mi alzo la mattina e quando torno in camera per andare a letto, io vedo quella testolina rossiccia, sempre curva d'estate e d'inverno sulla macchina. Spengo il lume e ancora il riverbero della sua lampadina entra per la mia finestra e spesso mi addormento allo stridulo rumorio della sua piccola Singer che ella paga stentatamente a due lire al mese. Il suo mondo è un tavolino pieno di gomitoli, il suo cielo è quello che si vede attraverso alle nebbie grasse della città fra un comignolo e l'altro dei tetti. Si direbbe che essa viva nella sua macchina, fatta macchina anch'essa dagli urgenti bisogni, e che il giorno che cessasse di girare la ruota, il suo cuore dovesse cessare di battere. Eppure anche ieri mattina, mentre spolverava i mobili della sua stanza, sentii che la vicina cantava. E sempre canta quando il cielo è bello e quando un raggio di sole trova la strada di arrivare fino a lei. È una cantilena malinconica in cui suonano sempre due parole: amore e speranza....

Non chiedete a me, per carità, ch'io mi ponga a cantare. Questa mia gran casa, colle pareti coperte di cuoio, con tanti mobili intagliati e dorati, è una spelonca senza allegria. Qui manca la pace, e se io alzassi la voce per cantare, avrei paura e vergogna di me stessa e crederei d'offendere il povero padre mio, di là, colla fronte piena di rughe....

18 dicembre.

Ieri ho scritto ad Enrico. Non gli ho toccato della brutta questione, perché temo ch'egli prenda in canzonatura i miei consigli, ma gli esprimo il desiderio che egli venga a Milano. Mi ha risposto che si trova a Milano già da una settimana. In quanto al tornare, non dipende da lui. Finché non avrà pagato il suo debito, non vuole che la gente dica che egli mangia il pane di suo padre. Così vive alla ventura, forse della carità degli usurai, ma spera di essere compatito. In fondo egli sente altamente di sè e quest'orgoglio non è soltanto figliuolo della caparbietà.

Povero Enrico! mi ricordo che un giorno sedevamo nel salone, io davanti al cavalletto, egli sdraiato nella grande poltrona, colla testa rovesciata sulla spalliera, con uno de' suoi romanzi nuovi spalancato sulle ginocchia, e occupato in apparenza a soffiare il fumo della sigaretta verso il soffitto. Si vedeva già che una grande tristezza lo tormentava. A vent'anni non gli pareva di trovare nella vita quel che la giovinezza ha il dovere di promettere e di mantenere.

—Tuccia—disse a un tratto con voce più gentile del solito—più diventi grande e più vieni a somigliare al ritratto della povera mamma.

—Davvero?

—Tal'e quale, la stessa fronte, lo stesso sguardo.... Ti chiameremo d'ora innanzi la nostra mammina.

Queste parole pronunciate quasi in aria di scherno mi fecero un grande effetto, e quando il giorno dopo scoppiò il terribile uragano fra padre e figlio, guardandomi nello specchio e vedendomi veramente un viso più pallido e più pensoso, mi parve che io somigliassi davvero a quel gran ritratto che ci guarda tutti i giorni dalla parete della sala da pranzo. Io sono la sola donna di questa casa, e qui dovrei rappresentare una parte che non fosse solo quella di una graziosa bambolina. Se la povera mamma fosse viva, avrebbe permesso che Enrico stesse lontano un mese da casa sua? avrebbe permesso che il babbo si rodesse in silenzio nel suo dolore? lascerebbe la sua casa sotto la tristezza di questi corrucci?

A che cosa serve il mio saper ricamare, il mio saper dipingere, se non so asciugare una lacrima? e perché, come ci insegnano a superare una selva di crome e di biscrome, non ci insegnano anche l'arte di levare una spina dal cuore?

Alle giovinette che hanno la mano leggera e delicata dovrebbe essere insegnata la santa abilità di curare le ferite.

Io mi struggo in lacrime inutili, corrucciata della mia stessa incapacità, e lascio che i giorni passino, l'un dopo l'altro, senza saper trovare una di quelle felici invenzioni che mi facevano tanto orgogliosa della mia fantasia.

19 dicembre.

È notte, nevica. Torno a scrivere ad Enrico, e mi pare che una nuova eloquenza scaturisca dal mio cuore. Le parole che stentano a uscire dalla penna quando devo descrivere cose che non mi riguardano, oggi vengono in folla sulla carta. Prometto di parlare al babbo per lui e di implorare un perdono che ha già tardato troppo a venire. Chiudo la lettera con la frase: "la tua mammina".

Questa frase non è ancora finita, che una lacrima cade sulla mia mano.

Ma è una lacrima dolce.

Il cuore è orgoglioso della nuova parte che è chiamato ad assumere.

20 dicembre.

Stamattina dopo colazione, mentre il babbo si sprofondava nella sua poltrona a leggere i giornali, mi sono avvicinata e appoggiatami colle braccia alla spalliera, al di sopra della sua testa:

—Papà,—dissi—Enrico è a Milano.

—E così—chiese il babbo burberamente.

—Siamo quasi alle feste di Natale....

—Non è colpa mia se queste feste saranno cattive.

—Pensa, papà....

—Basta, non seccarmi. Tu non puoi capire certe cose. Quando sarai moglie, quando sarai madre, vedrai che col cuore non si scherza....

—Io non scherzo, papà....—esclamai dolorosamente.

—Bene, bene; va', pensa ai tuoi regali....

Tentai ancora di parlare, ma, sentendo che gli occhi mi si riempivano di pianto, corsi a rinchiudermi nella mia stanza. Non mi credono buona che a baloccarmi e a far dei regalucci!

Piansi forse un'ora come una bimba.

Rimasi sola col mio corruccio fin verso l'ora del pranzo. Non vedendomi comparire, venne a cercarmi la Costanza, una vecchia guardarobiera, che da trent'anni vive in casa nostra. Non è donna di molto sapere, ma è fedele come un vecchio cane. Da piccini la chiamavamo la Trottola, per la sua maniera di camminare traballante, a onde. Divenuti grandi, nessuno di noi si occupò più di lei, che continua a rimanere in casa come un vecchio mobile che serve sempre a qualche cosa. Io preferisco essere servita da Julie, una svizzera tedesca che parla un cattivo francese. Costanza, via via che invecchia seguita a rintanarsi nella guardaroba, fra i cesti e i mucchi della biancheria, contenta che la sopportino, e riconoscente, di quel pane, di quel letto, di quel tetto che essa ottiene dalla carità dei suoi padroni.

Venne a cercarmi perché fu la prima ad accorgersi che non uscivo da un pezzo dalla mia stanza, e come se io le avessi già fatta la storia de' miei dolori, entrò diritta nell'argomento dicendo:

—Non si faccia vedere cogli occhi rossi. Quel povero signore ha già il cuore grosso così. So bene che è una grande passione; questa casa non fu mai così triste, nemmeno nei giorni che hanno portato via la sua mamma. Sapesse quanto pregare ho fatto in questi giorni! Non va, non può andare avanti così, assolutamente no. Non c'è di peggio sulla terra che la discordia nelle famiglie. Il sor Enrico non è cattivo e io posso dirlo, perché l'ho portato io al suo babbo quando è venuto al mondo. Bisogna fare qualche cosa per lui. È un ragazzo vivo, puntiglioso, che a pigliarlo colle buone si mena come un agnellino. Gli pesa di non poter mantenere la parola data. Pesa anche a noi gente ordinaria, che, se abbiamo un soldo di debito, non si dorme più. Se il suo babbo non vuol proprio dargliele queste benedette ottocento lire, non si potrebbe trovare il modo di dargliele noi?

—In qual maniera?

—Se non temessi di offenderlo quel ragazzo l'avrei trovata da un pezzo la maniera.

—Dillo....

—Se lei mi aiuta, padroncina, possiamo levarlo dai fastidi.

—Certo, ti aiuterò.

—Basta che egli non sappia da che parte gli vengono questi denari, e creda che glie li mandi il babbo.

—E invece?

—Io ho un libretto alla Banca Popolare e c'è scritto un migliaio di lire, che sono i miei piccoli risparmi in trent'anni che servo questa casa. Di questi denari io non ho alcun bisogno, perché grazie al cielo, qui non mi manca nulla e non credo nemmeno di perderli, ma solamente di prestarli al sor Enrico, finché ne avrà bisogno, e me li renderà quando potrà. Ma se egli sa che vengono da me, naturalmente non li piglia e si offenderebbe di buona ragione che una povera serva voglia prestare il suo denaro a lui. Dico bene? Ella potrebbe invece fargli credere che sono del babbo o che sono suoi....

—Tu sei una buona donna, Costanza,—dissi guardando fisso per la prima volta quel volto giallognolo e quegli occhietti, che non dicevano mai nulla.—La tua idea è bellissima e ne parleremo domani.

—Brava ora vada a tavola e si mostri allegra.

Un raggio di gioia rischiarò la faccia rugosa di quella povera vecchia, che, trottolando, corse in guardaroba, contenta come se avesse vinto un terno al lotto.

—Ecco un'idea semplice,—dissi fra me—che non mi è venuta in mente!

Io non avevo ottocento lire sotto la mano, ma possedevo tre volte tanto in oro, in trine e in frivolezze eleganti. Il cuore non abituato ad aver bisogno, non era abituato nemmeno a provvedere ai bisogni degli altri. Anche nell'arte dell'esperienza vale più la pratica che la grammatica.

Durante la notte raccolsi tante cianfrusaglie che non usavo più, vi aggiunsi un anellino di brillanti, e pensai, così a occhio e croce, d'aver raccolto un valore di ottocento lire. La mattina per tempo chiamai la Costanza, che corse col suo libretto nascosto in seno.

—Ci ho pensato, Costanza; guarda. Ho raccolto questi gioielli, che non metto più, e mi pare che possano bastare. Fanne un involto e senza dir nulla a nessuno, va' dal vicino orefice e vendi. Quando hai i denari in mano, va da Enrico, con questo biglietto che ora ti scrivo....

Sedetti al tavolino e scrissi quattro righe con lieta furia di chi è sicuro di salvare un uomo che affoga. Le antiche donne che portavano i loro gioielli sull'altare della patria non erano più orgogliose di me. Io mi sentivo crescere di valore, più prezioso di quello dei miei ornamenti.

La Costanza era rimasta istupidita cogli occhi fissi su quel mucchietto d'oro e, quando mi mossi per darle il biglietto, mi guardò col suo sguardo scemo, tentennò il vecchio capo, masticò qualche parola, e tirandosi indietro:

—Scusi,—disse,—lei può far vendere queste cose dal maggiordomo. Io non son pratica.

—Ma bisogna salvare il segreto.

—Il segreto era necessario fin che si trattava dei miei danari; ma questo è un altro conto.

—Tu non vuoi aiutarmi, dunque?

—Ella poteva aiutare me e non ha voluto. Scusi, capisco che i miei danari possono offendere delle persone come lei, ma io non credevo di fare l'elemosina. Scusi.... Scusi....

E come ubriaca si tirò verso l'uscio e se ne andò, nel momento che si portava il fazzoletto turchino agli occhi.

Rimasi stordita davanti alle mie favolose ricchezze, e ci volle un bel pezzo prima che la mia ragione comprendesse in che cosa io l'avessi offesa. Ma la buona donna, che in quella sua idea aveva posto tanta tenerezza, non poteva rassegnarsi a vedersela rubare con tanta leggerezza da una ragazza, il merito della quale si riduceva a vendere delle cianfrusaglie fuori di moda. Per la Costanza quelle sue ottocento lire valevano diecimila giorni di fatiche e di risparmio; per me le mie non valevano quattro soldi, e con quattro soldi io tentavo di rubarle una delle più grandi soddisfazioni della sua vita. Anche nel fare il bene—ho letto in un libro—bisogna usare molta discrezione e non togliere ai più deboli l'occasione di meritarsi un premio.

"Ritieni—seguitava quel libro che ora capisco per la prima volta—ritieni che il miglior bene che tu possa fare è quello che tu lasci fare volentieri al tuo vicino."

Fra me e la Costanza la pace fu subito conclusa, e fra noi due fu ancora lei la più imbarazzata a perdonarmi. Si combinò che ella avrebbe portato dentro la giornata le sue ottocento lire, colla seguente lettera:

24 dicembre.

"Caro Enrico, domani è Natale, e sarebbe per noi un giorno di troppa desolazione se tu non ci fossi. Oggi ho parlato con papà e gli ho fatto capire che io non rimarrò a dividere questa desolazione, facendomi quasi complice di una discordia che offende i vivi e i morti. Il babbo n'è commosso, e se tu gli mandi ora una parola vedrai che è disposto a perdonare tutto.

La Costanza, che ti porta questa lettera, è incaricata di consegnarti anche una somma di ottocento lire, colla quale potrai soddisfare ai tuoi debiti d'onore.

Paga, e vieni subito nelle braccia della tua... mammina".

Costanza eseguì allegramente la sua commissione e io chiusi le mie gioie, e la presunzione nel cassettone.

Non potevo tuttavia non dire parola al babbo. Aspettai la sera quando rimanemmo soli davanti al fuoco e gli dissi:

—Papà, ho pensato ai miei regali. Per domani voglio regalarti la pace, se la vuoi....

—Se me la trovi.

—Enrico verrà a pranzo con noi. L'ho invitato io....

Il babbo fissò gli occhi nella fiamma e non rispose. Io non gli lasciai il tempo di pensar troppo e soggiunsi:

—Abbiamo pagato anche il suo debito....

—Chi l'ha pagato?

—Egli crede che i denari vengano da te, ma Enrico sarà invece mio debitore.

—E dove hai potuto trovare ottocento lire?

—Me le ha prestate, anzi me le ha offerte, indovina....

—Non saprei....

—La Costanza.

Il babbo aggrottò un poco le ciglia. Se lo avesse saputo prima non l'avrebbe permesso, ma forse pensò che il miglior modo per evitare un male è di prevederlo.

Forse pensò ancora ch'egli aveva tardato troppo a perdonare, e che la vecchia Costanza, nel suo cuore di donna, aveva un assunto da compiere nella sua casa. Gli occhi suoi brillarono alla luce viva della fiamma, e vidi che a stento frenava le lacrime. Cercò lentamente la mia mano, se la tenne un pezzo chiusa nella sua sulle ginocchia e infine con voce velata dalla commozione, esclamò:

—Avete fatto bene, grazie....

—La Costanza mi ha fatto promettere che io non ti avrei detto nulla, teme di offenderti....

—Io non le dirò nulla.

—Ho accettato a patto che ella ricevesse una riga di scritto in cui mi dichiaro sua debitrice. Tu mi devi fare un altro piacere, papà, lasciare cioè che io paghi a poco a poco questo debito coi miei piccoli risparmi sulle spese inutili.... Sarà il mio debito di cuore.

—Se ciò ti piace. Tuccia, volentieri.

—E non dir più, Papà, che io scherzo col cuore.

Il babbo sorrise e diede una tenera occhiata al ritratto della povera mamma, che sotto i mobili riverberi della fiamma pareva agitato e vivo; poi mormorò:

—Non lo dirò più, signora mammina.

25 dicembre.

Io non ho mai passata una notte di Natale così serena e tranquilla come questa volta, nemmeno negli anni bellissimi della prima fanciullezza, quando si sognano gli angeli e i pastori che vanno per la via al suono delle cornamuse. Il cuore, anche nel sonno, vegliò in una soave contentezza, che scese a colorire e a rischiarare tutte le cento visioni che passano nella fantasia d'una ragazza che non ha dormito bene da un pezzo. E per una facile confusione di idee, dopo essermi incontrata colla mamma in un paese sconosciuto, illuminato da un grande falò, io mi confusi con lei, cioè sentii d'essere lei, e che gran parte della morta viveva e parlava in me.

Oggi a mezzodì entrò correndo la Costanza. Agitando le braccia come una gallina che tenti volare, gridò:

—Viene, viene....

Enrico, pallido e tremante di commozione, comparve nel vano dell'uscio. Il babbo, pallido e tremante anche lui, si alzò.

—Papa!—Gridò il ragazzo con un accento che non dimenticherò più. Si stesero le braccia, e quei due uomini si gettarono l'uno sul seno dell'altro.

La Costanza, che versava lacrime come un ruscello, seguitò a tirarmi per il vestito fino in fondo alla sala, dove nascondendosi dietro la tenda della portiera, tornò a dire:

—Mi giuri ancora che non dirà nulla.

Anche davanti a quel suo trionfo, la povera donna temeva del nostro orgoglio e forse non aveva torto. In sessant'anni di esperienza ella si era abituata a credere che i signori non amano le lezioni che non possono pagare. Dopo i debiti di gioco ciò che più ci pesa infatti sono i debiti di gratitudine.

La Costanza ha ragione, dico, di credere così, perché siamo fatti così; ma una differenza dovrebbe esistere fra il bene e il male, e io farò di tutto per non pagare troppo presto il mio debito di cuore.

FINE SECONDA PARTE

LIBER MUNDI 1

BOOKMOON